Ertongwenxue Xuyu

儿童文学絮语

张锦江 著

中国中福会出版社

自　序

直言儿童文学

这本儿童文学理论新集，不是单纯的儿童文学学究文章，也非儿童文学自娱自乐的虚夸之语，它是实考中国儿童文学之现状后所发出的真话、直言。

全书共43篇文章，它们是我这七八年间对今天中国儿童文学的所见所思所言。其中有相当一部分是我在不同场合的演讲与对话，少数几篇是论文形式出现的，又有几篇评论与序言，还有我创刊主编《儿童文学研究与推广》的主编絮语，余下是我的几位新近逝去的儿童文学作家朋友的念想文存。

我见证过中国儿童文学高手林立的辉煌。我是1978年开始与儿童文学结缘的，那时我是大学中文系的一名年轻的教师，我放弃了在上海戏剧学院读书时学的戏曲编剧专业，而选择了研究儿童文学，纯粹因为自己的孩子还小，我喜欢孩子，我为孩子编故事，我为孩子讲故事，我觉得这是一件万古长青的事业，于是儿童文学研究成了我的职业。不久，我应邀参加了文化部少儿司组织的儿童文学讲师团，准确地说，那是1979年的事，我遇见了那时中国最强大的儿童文学创作团队，他们是：陈伯吹、叶君健、洪汛涛、任溶溶、葛翠琳、黄庆云、肖平、蒋风、郭风等，应该说，他们

当时都已经是中国儿童文学的一代名家，我不过是一名名不见经传的年轻的大学讲师而已。我幸运地有机会与他们朝夕相处，从东北沈阳到西南成都一路讲课，我讲的是《中国儿童小说风格简论》，讲到了任大霖、任大星、谢璞、浩然等，应该说他们的作品我几乎全部读过，可以这么说，这些作家代表了那一代人的水平。就今天来看，他们的作品依旧在一个相当高的位置上，不是一般作家可以达到的，特别是他们的语言艺术能力与个性特点，也非今天的儿童文学作家所能比肩的。如果我再往前推，在中国儿童文学理论建设与创作实践上有许多拥有更大声誉的作家，其中一些在中国现代文学中有大作为，如鲁迅、茅盾、郭沫若、老舍、巴金、沈从文、郑振铎、冰心、张天翼、严文井、叶圣陶等等，这更是今天的儿童文学作家望尘莫及的。我始终坚信我的眼光，我近十余年走遍欧美各处，见识了若干世界级的大作家的创作足迹，如但丁、雨果、莎士比亚、海明威等，我更相信自己的判断没有错，中国今天的儿童文学还在一个并不怎么高的山坡上徘徊，虽说出现了曹文轩、冰波等这样的好作家，但是与前辈们相比实在还有很大差距。

我们不能总是自我表扬、自我称赞，我们不能总是听不得别人批评，一批评就跳，一批评就炸，我们失却了正常的文学评论，一而再，再而三，自我膨胀，吹得很大，大师满天飞，我记得鲁迅先生从没说过他是大师，陈伯吹先生的演讲总是说：我是一个小学生，向大家学习来的。我与陈伯吹先生相识相知相交十八年，我清楚地记得他没有说过一句大话。今天，我可以这么说，还没有出现与陈伯吹先生相同级别的儿童文学家，更不要说出现如安徒生一般的伟大作家。安徒生、陈伯吹他们在时间的长河中会被人们永远记住，而我们今天风头十足的写作者们，恐怕大都会被岁月淘汰。不服是没有用的。

我的话似乎不合时宜，不少是下的苦药，有的人见了会别扭、不舒服。不过，我说的话还是轻声细语的，所以这本儿童文学理论集叫《儿童文学絮语》。

直言儿童文学，是为序。

2018年5月9日下午
草于坤阳墨海居

目录

自序

文学理论

3 　中国儿童文学绘本的民族性与现代性
13　儿童文学要有博大的胸怀
19　儿童文学要有精品意识
26　未来嘹亮
32　幼儿文学是小天使文学
35　童诗的美学追求

文学创作

43　中国文化绘本创作论
51　把儿童文学原创强大起来
59　用纯洁的心为孩子写作
65　中国创世神话童书：新说山海经
　　　——在意大利博洛尼亚书展上的讲话稿
71　从《童话美学》谈沪港童话创作

文学评论

83　儿童文学的高度
94　跳出儿童文学看儿童文学
　　　　——对儿童文学现状的几点看法
98　当下儿童文学缺什么
101　文学是一种精气神儿
103　为男孩与女孩荐书是现代阅读的进步
106　把海洋告诉孩子
　　　　——评《飞越彩虹门的小海豚》
109　不朽的《神笔马良》
112　上海"孤岛"时期的陈伯吹
115　《上海小囡的故事》具有史诗价值
117　天地之间孩子为大
121　人生初步如何走
123　新评刘保法

为书而序

129　爱琴海与黄河的神源
　　　　——《新说山海经》总序

133　探索童话美的魅力
　　　　——《童话美学》自序
137　作品不因获奖而流传
　　　　——《爸爸的礼物》序言
140　童目无界
　　　　——《妈妈的兔子花》序言
145　静心而书
　　　　——《拉手风琴的男孩》序言
149　快乐传真淳
　　　　——《童话写作十九讲》序言

主编絮语

155　孩子们的园地
157　文学是安静的
159　静作不老
161　纯洁可贵
163　崇尚正气
165　踏春而行

对话录

169　上海少年儿童图书馆采访对话
174　给孙毅先生的信
175　与任溶溶电话论诗
176　与小作家班学员对话

怀念文章

187　记住任大霖
195　散记叶君健
204　柯岩大姐，你在哪里
210　大星不落

文学理论

文学理论

中国儿童文学绘本的民族性与现代性

中国内地的儿童绘本的崛起，是近几年的事，似乎所有的出版机构都在关注儿童绘本的出版，越来越多的童书写作者参与其中，学校、家长也开始热衷于儿童绘本的亲子阅读，因此，许多儿童绘本的培训机构与工作室应运而生。绘本的内容与形式也是种类繁多，有科学类、动植物知识类、政治思想类、文学类，有纸质类、音响类、动画类。有以文字为主绘画为辅的，有以画为主文字配画的，有图文并茂称作艺术品的。有画家与作者合作的，有作者、画家同一人的。还有异国合作的。儿童绘本发展很快，空间很大，对于这种文本的特征如何认识与界定，对于文学类的绘本的美学价值如何评判，这些都是值得研究的问题。这些年，我参加了"上海好童书"的评选工作，阅读了一些出版社送来参评的绘本，另外又参与主编了上海教育出版社的一套《中国童话绘本》，有一些感想与心得，我想就儿童文学绘本的民族性与现代性谈一些看法。

一、关于中国儿童文学绘本的民族性

儿童文学绘本的属性应该是文学的，也是绘画的，也就是说我们讨论的既是一般文学的民族性，又要关照到儿童文学的民族性的特殊性。同时，既要谈到一般绘画的民族性，又要照顾到儿童绘画的民族性的特殊性。表面看，这是一个有点繁琐而复杂的论题，其实说起来也并非难事。儿童文

学绘本通常由儿童文学原作改编，再配以画，其实已是再次创作，我称之为二度创作。我所说的儿童文学绘本便是这种二度创作的产物。

一般来说，无论哪种文学艺术，越是民族性浓郁的越能走向世界，儿童文学绘本亦是如此。

我们讲文学艺术的所谓民族性，不外乎两个层次：一是形式上的外在层次，二是内容上的内在层次。前者是讲民族的语言、风俗、习惯，也就是通常的行为举止、衣食住行。后者是讲民族的内在民族精神、民族气质、民族品行、民族文化。

举一个例子，同样是地动山摇、惊天动地的舞蹈，我在西班牙观看到的吉普赛人的山洞踢踏舞，无论男女，跳起来都是无拘无束，自由奔放，狂傲不羁。而我们黄土高原的腰鼓舞，却是整齐划一，严谨浑厚。这种表面上舞蹈形式的截然不同，也反映了不同民族心路历程的反差。吉普赛人的游民经历使他们形成了这种自由奔放的民族性格与精神世界，而我们黄土高原的群体安居生活便有了共合浑厚的民族气魄。

由于各民族的民族性的差异，所形成的文学艺术就有明显的不同之处。

我觉得，优秀的儿童文学绘本，它的民族性的痕迹是非常深刻的。例如，《中国童话绘本》第一辑八本中有一本《猪八戒吃西瓜》，这是著名童话作家包蕾改编的童话，这篇童话很有名，它的取材就是中国四大名著之一《西游记》中的猪八戒的故事，《西游记》是中国最有影响的神话小说，完全是中华民族的文化精髓。作者做了大胆想象，重新创造了一个贪吃的猪八戒形象，故事是全新的，猪八戒既充盈着孩子的特点，又传递了中国

古典神话小说的神韵。这是具有中国民族色彩的绘本。还有一本《神笔马良》，这是著名童话家洪汛涛的代表作，原先是个短篇，后来改成了长篇，现在看到的绘本对长篇做了大量删节，选取了最精彩的情节，这个童话也是取材于中国民间传说，类似的还有"王冕学画""画龙点睛"等。洪汛涛的语言无论是叙述语言还是人物语言，都具有中国民歌、民谣风，朗朗上口，飘逸着中国音乐的旋律，童话人物马良身上洋溢着的精神与气质是民族的，它体现了中华民族勤劳、勇敢、质朴、善良等民族性格。《神笔马良》是可以算中国儿童文学史上最享有国际声誉的作品，也是最成功的民族经典形象。画家王晓鹏的画与洪汛涛的文字相得益彰，堪称精品绘本。《中国童话绘本》第二辑中的《螳螂和车轮》，是著名童话家贺宜1946年的作品。他曾写过一批传世童话名作《鸡毛小不点儿》《小公鸡历险记》《珍珍与哼哼》《月夜发生的故事》等，洪汛涛在《童话学》中称赞他说："他是一个用毕生所有的精力高高托着童话，把童话举在头顶上的巨人。"陈伯吹先生曾在庆贺贺宜从事创作50周年的会上说："贺宜是中国童话的一面旗帜！"贺宜一生共创作童话120余篇，安徒生是168篇，因此我在《中国童话四十年》中称贺宜是"中国的安徒生——童话大师贺宜"。贺宜不该被人们遗忘，他的作品并不逊色于安徒生，我们却没有阅读传播它们，这是文学的悲哀。《螳螂和车轮》不是他最好的作品，但他的名篇因为篇幅都很长而被放弃了。不过这个短篇也反映了作者的讽刺童话艺术。它选材于"螳臂挡车，不自量力"这个中国春秋时期的典故。出自庄周《庄子·人间世》："汝不知夫螳螂乎，怒其臂以当车辙，不知其不胜任也。"

贺宜用幽默讽刺的口吻,在谈笑间写了一只螳螂勇士挡车的悲剧结局故事。这是中国古典文化的一种形象的童话式的诠释,它传达了中国文化血脉的灵魂。

仅以上几例即可见,中国儿童文学绘本的民族性从题材的选择、人物形象的塑造、故事情节的编织等方面都要蕴含中国民族的文化、历史、精神、品格渊源,只有这样,它才有可能在世界文学之林中独树一帜,而让世界瞩目。

二、关于中国儿童文学绘本的现代性

我们不可否认,我们面对的是现代社会的纷扰、激情、动荡、闲适等各种生存现实。

中国儿童文学绘本如何真实、真诚地反映现代人的生活?现代人对绘本的美学要求、欣赏品位又有何特征?这些都对中国文学儿童绘本提出新的要求。我认为中国儿童文学绘本的视角应是现代的,它的选材应是现代社会的全视角而不仅仅局限于儿童生活,绘本的场景应是现代社会的色调,而不仅仅是校园、课堂、老师、同学。

首先在绘本中要告诉孩子们一个现代的真实社会。我们不能总是哄孩子们,总是写小狗小猫、天真烂漫来自娱自乐,不能骗孩子说假话,要告诉孩子社会不都是唱的那样"我在马路边拣到一分钱,马上送到警察叔叔手里边",社会是阳光灿烂的,但也有陷阱与隐患。孩子不是生活在"真空瓶"中的,一个七八岁的孩子单独外出,周围就可能潜伏着各种危险,

大家都注意到拐卖孩子的罪恶，每年有那么多孩子失踪，那么多年轻的父母亲因为孩子失踪而失魂落魄、悲痛欲绝。还有交通安全，多少孩子惨死车轮之下，还有各种危害孩子生命的毒奶粉、毒疫苗、战争、灾难等等，孩子就像在一座鸟语花香的大森林中，遇见可爱的小兔、小鹿、小羊、小龟，但是也随时可能遇到大灰狼，甚至比大灰狼更厉害的老虎、狮子。现代社会的真实性是绘本真正的生命。《中国童话绘本》第二辑中有一本周锐的《化装节》就非常有现代意义。作者写这一天过化装节，所有的小动物都戴上假的面具头套，把真正的自己隐藏起来，而且可以说假话。大个子老鼠偏偏不会说假话，他寄了一张贺卡给小个子猫，上写着"祝您节日快乐"。如果被当作假话，就是祝"节日不快乐"，所以他赶紧到邮局找了回来。他来不及化装了，邮递员这时送信来，喊：谁是大个子老鼠？他说：我的信。而邮递员以为他是化装的大个子老鼠，信没有给他。结果化装节结束了，他收到信，打开一看，是小个子猫寄来的，上写：我讨厌你！他很伤心，小个子猫解释说：这是化装节说的假话。想想，我们的现实生活中有多少人天天在过化装节，天天戴着假面具说假话呀。这篇童话让孩子们懂得：现实生活是够复杂的。还有一本鲁兵的《老虎的弟弟》。鲁兵是一位很有影响的儿童诗人与童话家。这个绘本是由他的同名童话改编的，他写一只大花猫到一片树林中去玩，碰到了兔子、鱼鹰、小松鼠，小动物们没见过大花猫，都觉得他像老虎，说他也许是老虎的弟弟吧，大花猫也自我得意，觉得自己就是老虎的弟弟，因此，小动物们百般恭维他，给他好吃的好玩的。最后真老虎出现了，大花猫差点丢了命。这个绘本让我们联想到现实的危

机对弱势生命的威胁，以及弱势生命都想趋炎附势的心态。童话的另一层意思是讲，把假的说成真的，最后会真的有灾难降临。

其次，绘本要渗透现代人的意识与智慧。这种现代人的意识与智慧，就是一种开放性的心态，不墨守成规，不故步自封，不瞻前顾后，而是用放射性的思维，大胆进取，励志创新，勇往直前，走前人没有走过的路。《中国童话绘本》第二辑有一篇流传很广的童话，即彭文席写的《小马过河》。这是写一匹小马帮老马驮送半口袋麦子到磨坊去，必须过一条小河，小马问老牛：此河能过吗？老牛说：能过，河水很浅。小松鼠说：不能过，水深，会淹死的。于是，小马折回去问老马。老马说：是深是浅，你试试就知道了。小马一试，不深不浅。这个绘本就讲了智慧出于实践，也就是实践出真知的道理。现代社会的每一小步前进，都是人们勇于探索、勇于实践所得来的，前怕狼后怕虎一定寸步难行。

其三，绘本要融入现代人应有的高贵品德与文明。之所以称得上是现代人，就是人们已经主观意识到要远离愚昧无知、要远离低俗下贱，而走向更高的文明境界。现代人的基础素养与品行就是：爱祖国、爱亲人、爱所有的人；善心、善行、善德。爱与善是绘本现代性的理性基础与理想磐石。没有这个理想磐石，绘本就失去了它存在的价值。《中国童话绘本》第一辑中嵇鸿的《雪孩子》就是一篇经典童话。它写小兔用雪堆出来一个雪孩子，雪孩子为救小兔逃出大火中的小木屋而消融为一摊水、化为一团水汽的故事。这个故事的深刻的内涵是多方面的，先是小兔因爱而创造了雪孩子的生命，然后是雪孩子因爱而救了小兔的生命，正是因爱才会恩恩相报。另

一本《窗下的树皮小屋》，是冰波的代表作，冰波是当下童话创作中杰出的代表作家，他的童话有特殊的美学价值，优美而细腻。这篇童话是用诗的语言，讲述一个小女孩在秋冷到来的时候，为蟋蟀吉铃以及小昆虫们搭建了一座树皮小屋，吉铃与小昆虫在风雨声中，为小女孩奏响了音乐。小女孩对昆虫的爱，以及昆虫对小女孩的爱在音乐声中得到交流与共鸣。后来，因造树皮小屋淋了雨，小女孩病了，小昆虫们用音乐安慰祝福她早日康复。小女孩病好了，而冬天来了，小昆虫们的音乐停止了，它们还是不可避免地死了。之后，小女孩每天在树皮小屋旁唱歌，期盼春天的到来，而她对小昆虫的善爱也得到回报，大地复苏了，树皮小屋内又走进一支昆虫的队伍，生命又再现了。这是爱与善的生命之歌。

由此可见，绘本的现代性决定了绘本不可忽视的美学意义与价值所在。

三、关于中国儿童文学绘本的民族性与现代性的辩证关系

首先，我们在强调绘本的民族性时，不能走极端，不能对民族性的理解出现偏颇，而这种偏颇往往出在对中国民族传统文化的理解与评判上。对于中国传统文化不能全盘否定，也不能全盘接受。毛泽东说过这样一段话：清理古代文化的发展过程，剔除其封建性的糟粕，吸收其民主性的精华，是发展民族新文化提高民族自信心的必要条件。中国传统文化的主干是以孔子为代表的儒家文化。儒家文化深深影响了中国国民性格，也深深影响了中国社会的儿童观。儒家文化有它积极的一面，也有它消极的一面。关于这个问题我不想展开，这是个很大的论题。我只是说，我们的绘本要有

正确的儿童观来继承发扬中国优良的传统文化，而不能在有意无意中用封建的糟粕来贻误孩子们。在绘本中，用人物来教育孩子们成为"驯服的小羊"，或者把孩子们变成大人的"宠物"，都是不可取的。《中国童话绘本》第二辑中有一本任溶溶的《奶奶的怪耳朵》，这是根据任溶溶的一个短篇童话改的绘本。任溶溶是著名翻译家，童诗写得很好，也写过不多的童话，其中《一个天才杂技演员》《没头脑与不高兴》是孩子们喜爱的名篇，而《奶奶的怪耳朵》也很不错。它写一个孩子叫闹闹，对他的奶奶极不尊重，不喊奶奶，只喊你。整日对奶奶大声叫，发号施令，爱闹。故事就讲奶奶一听这孩子哇哇大叫了，耳朵就听不见了，只要这个闹闹对奶奶说一声谢谢，哪怕轻轻地说，奶奶也能听得见，甚至他想说还没说出的话，奶奶也听得见，当然这话是极有礼貌尊重别人的话。这个故事通篇没有一句教训孩子的话，但，看完故事只要想一想，就会让人醒悟过来：孩子从小就要养成尊重别人的品德。这篇故事体现了一种启发式的、现代的、进步的教育理念。

其二，强调绘本的民族性，不等于说仅仅写一些传统的民间故事，也不等于说写一些传统的民间故事就不能传达现代意识。任何一部有价值的绘本诞生都是不受是否有民族传统形象、民族传统习性、民族传统文化所局限的，而是根据创作的实际需要而决定的。即使是纯民族传统的绘本也不一定不能传达现代社会的多面性和复杂性。就如前面讲到的，贺宜的《螳螂和车轮》这篇虽引自中国古籍，但其中的现实意义是不言而喻的，我们看到许多人在现代喧嚣的社会中因不自量力而走向绝路的例子，做人做事要量力而行，一个连小事都干不好的人，怎么可能一鸣惊人成为英雄呢！

同样，陈伯吹先生的《骆驼寻宝记》，也是借一个传统的寻宝故事瓶，装上了现代思想的酒。陈伯吹先生是中国儿童文学泰斗级的人物，也是中国儿童文学的最高标志，他前期童话的经典代表作是《一只想飞的猫》，后期的经典代表作就是这篇《骆驼寻宝记》了，作品首发在大型文学期刊《十月》上，我为他专写过一篇评论。在改编成绘本时，虽做了大量删节，但意思还在。故事并不复杂，是写一群动物各怀目的去寻宝，本是轰轰烈烈地结队走着，但都半途溜了，最后只剩下骆驼一拐一拐走下去，它在沙漠里找到了宝贝——树的种子。童话故事折射了在现代社会中要想实现自己的理想，必须要有坚韧不拔的精神，默默无闻、脚踏实地地走自己的路。

　　其三、强调绘本的现代性并非是要求在描绘现代人的现实生活中不能融入传统优良的民族文化。我想，不论现代社会如何发展，这种民族土壤里的花总是有泥土气味的。譬如，《中国童话绘本》第一辑中，有一本由王一梅写的一篇童话改编的绘本《给乌鸦的罚单》，这是一个非常奇特的故事，一只乌鸦在一个光头行人头上屙了一摊屎，一个警察给乌鸦开了一张罚单，因为它冒犯人类，不讲卫生，罚款五元。这似乎是一个玩笑，而乌鸦却很认真，它表示会还清罚款。若干年之后，警察退休了，偶然在森林的一个树洞里见到了这张罚单，还看到一堆硬币角子，不多不少正好五元钱。乌鸦兑现了自己的承诺。这个故事告诉我们：在今天市场经济的大环境下，一些人唯利是图，不择手段，道德下滑，缺乏诚信，而这只乌鸦却那么讲诚信，它唤醒人们：讲诚信是中国人的传统美德，不能因为利而忘行，丢失自己的良心，如果我们连一只乌鸦都不如，那我们还是人吗？

这是对传统优良文化归来的呐喊。

中国儿童文学绘本的民族性与现代性辩证地合二为一之后，绘本的力量就更强大了。它将为中国儿童文学绘本开拓一条通向艺术之顶的光亮之路，它将大大提升中国儿童文学绘本的美学价值和警世价值。中国儿童文学绘本只有朝这方面去努力才能见希望！

2016 年 4 月 28 日下午完稿于坤阳墨海居

儿童文学要有博大的胸怀

刚刚我们揭晓了2012年度上海儿童文学好作品，表彰了值得我们尊崇的六位80岁以上的儿童文学作家、少儿活动教育专家、儿童诗人与儿童出版物编辑，聆听了上海市文联领导和少儿社、儿童时代社、少年日报社领导的讲话，以及获奖作者、获得"学会奖"的代表发言。今天的会获得了很大成功，令人鼓舞。

今天，我想借这个机会谈谈对儿童文学的一些思考。我发言的题目是《儿童文学要有博大胸怀》。

我参加了两届年度上海儿童文学好作品的评选工作，认真阅读了各方推荐、评议出来的供选评的作品，总体印象是作品不少，作者很多，但，让人眼睛一亮的优秀作品还是很少，多数作品缺少原始生活的丰富性，缺少富有个性的美的语言，更多的是空泛的、单调的、毫无光色的编织故事，有的只追求表面语言的华丽，看不到生命鲜活的语言力量。这个现状的确让人困惑与忧虑。文学的被边缘化的现实已不是什么新鲜的论题，最近看到报载两个消息，一是《收获》《当代》这样的纯文学大型刊物已经不为小学生所知，听也没听说过。另一是小学语文选择题考倒王蒙。王蒙说：汉语正面临着一场深刻的危机。又说：长此以往文学可能消亡。

我始终认为，儿童文学与其他文学样式，同是语言的艺术。少年儿童阅读儿童文学作品，是在接受语言艺术美的熏陶的同时，感受人生、感受

社会的美丑善恶。这是儿童文学的价值所在。翻开现代儿童文学史，前辈儿童文学作家张天翼、叶圣陶、严文井、冰心、陈伯吹、贺宜等等给我们留下了极其丰厚的儿童文学作品。他们的作品无论语言，还是内涵都是独特的，他们的作品时时关注现实，与时代共鸣，他们忧国忧民、知民疾苦、与社会的脉搏休戚相关，表达了他们的境界、心胸、理想。他们的作品今天看起来，依然能使人热血沸腾。可惜，我在书店与超市看到的儿童文学读物大都是由国外翻译的作品，他们的作品被挤压在很小的空间，孩子们已经不知道他们是什么人了。再加上我们现今原创作品的薄弱，作者队伍的老化与青黄不接，更为缺失的是与前辈作家之比，在胸襟和语言的功力，视野和思想上的缺弱。倘若我们要振兴今天的儿童文学，我们必须有一个共识：儿童文学不是专写小猫小狗的文学，不是编个故事哄哄孩子的文学，不是仅仅在校园小空间的文学。真正的儿童文学是与整个社会息息相通的，儿童是社会的人，儿童要有社会色调，只有把儿童放在社会中去观察，才能写出有血有肉、警世的儿童文学作品来。这需要儿童文学有博大的胸怀。

　　我认为这种儿童文学的博大胸怀表现在三个方面：

　　一是要有热爱自己祖国的情怀。我在这里重提这个常说不衰的话题，其原因是在如今的现实中，崇洋媚外的邪气有所抬头，西方世界对中国文化的伤害与中伤，我们一些人全然不觉，还在盲目地鼓掌、欢呼。回顾中国现代史，我们经历了灾难深重、浴血奋战、劫后重生三个阶段，今天正是复兴崛起。不管中国处在什么境遇，都有自己的民族英雄，这些民族英雄赤诚地热爱着自己的祖国，这些民族英雄成了中国人的精神支柱与灵魂。

文学理论

记得少年时代我读方志敏的《可爱的中国》，会被他对苦难的中国深情的爱感动得热泪盈眶。今天我们正崛起强大起来，在复兴之路上难免会遇到挫折与困难，我们没有必要去埋怨、责难、悲观、哀叹或者夸大、抹黑，说得一无是处，更没有必要腿骨发软，迎合讨好西方人。最近，我读了李国文的《慈禧躺着也中枪》和李建军的《2012年度"诺奖"〈授奖辞〉解读（上）》，很受启发。李国文写道：我每当看到这样一些"汉学家"，来到中国打秋风的时候，那副嘴脸，着实教人不敢恭维。尤其我的那些同行，围绕着这些洋人时那副谄笑胁肩的仆欧相，更是不堪入目。李国文又写道：更有甚者，有可能入围诺贝尔文学奖的某某，与另一位也可能入围诺贝尔文学奖的某某，争风吃醋，互别苗头；甚至还有一位更可能入围诺贝尔文学奖的某某某，加工定做迎合洋人口味的异端作品，投其所好。李国文认为：西方世界对于中国和中国人的文化骚扰，精神攻势，其实是有着深刻的历史渊源和时代背景的。李建军讲得更具体，更直接，他写道：在2012年度的"诺奖"《授奖辞》里，我们看到的，却仍然是一百年前"西方中心主义"的傲慢话语，是对中国文化以及中国人生活的极为严重的"偏见"。李建军翻译出《授奖辞》的全文，我摘其一段供大家见识一下：在他（指莫言）对于中国过去一百年的描述中，我们找不到西方幻梦般跳舞的独角兽，也看不到在门前跳方格的天真小女孩。但是他笔下中国人的猪圈式生活，让我们觉得非常熟悉……莫言为那些不公正社会下生存的众多小人物而辩护，——这种社会不公经历了日本占领、毛时代的犷戾和当今的物欲横流时期。我想大家见了这些话语，一定会觉得有种被欺辱的感觉。李建

军批评了"诺奖"评委荒谬而无知的言论，并指出，莫言的作品正是他们想象中要找的残缺而丑陋的中国"同符合契"的叙事体系。我不知道，在座的读过多少莫言的作品，是否读过"诺奖"《授奖辞》的全文，恕我直言，我早期只读过《透明的红萝卜》和"红高粱系列"，觉得作者写日本兵割人耳朵与剥人头皮，写得使人直觉毛骨悚然，而作者却是有意渲染的，我还买过一本《檀香刑》没有看，最近，读过在《上海文学》重刊的《小说九章》，我以为不过是郭德纲相声一般，说到哪里写到哪里，思想也很浅薄。不论莫言是一流作家还是三流作家，那种在中国文学作品里专写中国的愚昧、野蛮、阴暗、龌龊、淫欲、腐败、堕落等等人性背面的东西是不可取的，哪有一点热爱祖国的情怀，怪不得莫言说，这奖是奖给个人的不是奖给国家的。莫言与这个国家没有关系，我们何必为他鼓掌。儿童文学可不能这样，儿童文学里应该是一个阳光中国，是一个让人仰慕的美丽中国。儿童文学应是七彩中国梦。

　　二是要有感恩与奉献的品格。在今天铜臭文化横行的环境下，我们尤其要提倡感恩与奉献的精神，要在少年儿童中培育感恩与奉献的品格。这种品格的养成，从小的方面来说，就是对父辈与祖辈的感激、关爱、孝敬，对同辈的互帮互爱、关心照料。譬如说祖父祖母病了，孩子送药端水，问候送安等等小事。兄弟姐妹、同学之间谦让爱护，多为别人着想。这些看起来容易，做起来实属不易。倘若一个孩子从小处着眼养成了感恩与奉献的品格，长大之后，必然会对社会与民众自然产生感恩与奉献的精神。就说今天学雷锋这件事吧，总听到一些不和谐的声音。我记得最初学雷锋的

情景，那时我正在军队当兵，应该说学习雷锋是极其真诚的，我们抢着偷偷地做好事，抢着为别人着想，完全是不计个人得失的。说到底，学习雷锋就是学习他感恩与奉献的品格。不论现代社会如何时尚如何发达，这种品格是不会过时的。我们的儿童文学应该是感恩与奉献的颂歌，应该是纯洁心灵的晨风和雨露。

三是要有尊崇生命与爱惜生命的仁爱之心。每个人的生命都是唯一的，都是一次性的，都是短暂的。如何使人的生命活得有意义、活得有价值，这是值得每个人思考的问题，当然对新的生命——孩子们来说格外重要。少年儿童，特别是低幼儿童对于生命的概念是模糊的、迷茫的，往往表现为生命的脆弱性、轻率性、盲从性，生命意识的缺失，隐伏着危险与不确定性，甚至会滋生粗暴与残忍。我们在生活中已经见到过一些孩子自残的事例，也听闻过孩子轻生的噩讯，还有若干虐待宠物，或者残害花鸟鱼虫的新闻。这些社会现象告诉我们，对于孩子们潜移默化的生命教育是何等重要。儿童文学中对于生命的阐释是一个重大的命题，儿童文学作家有责任将自己对生命的理解，通过作品告诉孩子们，不仅要爱惜自己的生命，让有限的生命更体现一个人的价值；而且要无私地珍视别人的生命。让孩子懂得，在任何时候人的生命都是第一的。对于伤、残、病、穷、孤等弱者生命应怀有同情之心、仁爱之心，伸出援助之手，让弱者生命转危为安，有信心地活下去。而且，对于任何有生命的物体，包括花鸟鱼虫，都应给予尊重与爱惜，这是一种大爱之心，这是人的灵魂的高贵之处。我在1985年去过老山前线战地采访，每天每时每刻都在生死之间徘徊，经历了战事

的残酷，看清了在和平环境下生命无法理解的内涵，我深深感受到关于生命这是一个永恒的主题。儿童文学正是这永恒的主题的生命之光。

　　说到这里，我想，倘若儿童文学怀有如上所述之博大胸襟，包容天地间的博爱精神，能滋润、净化人的心灵，那中国的儿童文学就会成为大文学，中国的儿童文学作家就会像安徒生那样成为世界文学中的经典作家。

2013 年 3 月 11 日下午完稿于德阳花苑墨海居

儿童文学要有精品意识

今天在座的许多同志都是从事儿童文学创作或儿童文学编辑工作的，恐怕都觉得"儿童文学是小儿科"听起来不顺耳，陈伯吹先生为了纠正这种说法曾说过一句：儿童文学是为小孩子写的大文学。我与陈老交往的过程中，他曾多次对我说过：一些写儿童文学的，不希望别人喊他儿童文学作家，甚至不承认自己是儿童文学作家。儿童文学历来不为作家们重视，鲁迅、郭沫若有过不少论断。为什么儿童文学没有它应有的地位呢？一是中国封建社会太长，儿童没有应有的社会地位，儿童文学当然也没有地位，儿童得不到人格上的尊重，儿童文学自然也得不到尊重。二是儿童文学作品自身的因素。由于专事儿童文学的作家少，儿童文学作品少，精品与经典很难诞生。所以，儿童文学沦为了哄孩子的文学，小猫小狗文学。自古至今，在文学史上中国儿童文学的地位始终不高，长期以来伤害儿童文学的自尊心与自信心。儿童文学需要改变自身的价值，就必须要有大视野、大气魄，要有精品意识，不能仅仅是为了在刊物上发发，为了出几本书。所以，我想就儿童文学要有精品意识说三点意见：

一、当下的儿童文学现状

今天，童书的出版市场呈现出前所未有的活跃，成百上千的出版机构从事这项工作，因为社会在发展过程中，家长对孩子的期望值越来越大，

为了不让孩子输在起跑线上,每个家庭都肯为孩子花钱,都肯为孩子买书。因此,纸质、音响、电子书都很热销。这与成人的出版市场危机截然不同。许多不搞儿童书籍出版的机构也纷纷转入了童书出版的竞争行列。童书出版铺天盖地是必然的,在这样的局面下,稍有名气的写手就那么屈指可数的几个,他们变成了抢手饽饽,被争抢签约包下的现象比比皆是。老手这样受欢迎,新手也被老手利用,不给稿费只给书。人的心态浮躁起来,静不下心坐在写字台前了,他们关心的是书的版税是多少,这种境遇下,怎能有好作品问世。我说,这是童书乱象,表面上热闹空前,但好的原创作品不多,精品更是少见。出版机构追求的是最大利润,写手追求的是急功近利。这些风气连孩子都感觉到了。有一次,我在普陀区图书馆做讲座,我让孩子们提问题,有一个男孩问:您当作家为什么写作?我说:我喜欢写作。他说:我感到作家都是为了钱吧!孩子的这句话,一语道破了今天的现实。我对当下儿童文学总的评价可以用八个字来概括:热闹有余,精彩不足。

相对来说,上海的一些儿童文学作家、作者的创作态度还是比较严谨的,也时有好的与比较好的作品问世,其中不乏精品,如,殷健灵的《爱——外婆和我》、马嘉恺的《猫的旅店》、谢倩霓的《梦田》等等。但是,还没有出现让孩子们记得住的艺术经典形象与深刻的警世之作。

平心而论,儿童文学图书市场的铜臭味依然挥之不去的话,出版门槛越来越低的话,只能印一大堆平庸的废纸,儿童文学的精品不会泉涌而出,孩子们只能身陷文字垃圾之中。我主要写成人文学作品,儿童文学写得少,

但我在大学讲授和研究美学与儿童文学，再加上这些年在欧美等地游学，从更高的视野来看、站在圈外来看我们的儿童文学现状，更容易看得真切。

二、对儿童文学精品含义的理解

儿童文学好的与比较好的作品并非是艺术精品，好的与比较好的儿童文学作品与儿童文学精品之间有相当的距离。所谓的儿童文学艺术精品，定是在语言、构思、情节、细节、人物上有别出心裁的造诣，非一朝一夕，一时之能，必有一番精雕细刻之功。精品接近于经典，而又不等同于经典，精品与经典之间还有距离，这距离是一个质的飞跃，非一般人轻易可得的。讲起文学的经典之作，也不能一概而论，因为有不同层面的经典，有世界级的顶级经典，有国家级、民族级，还有政治派别的，有不同类别。譬如，希腊的《荷马史诗》、德国歌德的《浮士德》、意大利但丁的《神曲》、莎士比亚的《哈姆雷特》，是欧洲的四大名著，是欧洲的经典之峰，也是世界级的经典之峰。我们通常说的，世界十大文豪，除了上面四大经典名著作者外，还有英国的拜伦、法国的雨果、印度的泰戈尔、俄国的列夫·托尔斯泰、苏联的高尔基、中国的鲁迅。他们都是世界级的文学巨匠与经典作家。拜伦的《唐璜》、雨果的《巴黎圣母院》《悲惨世界》、泰戈尔的《飞鸟集》、列夫·托尔斯泰的《复活》《战争与和平》《安娜·卡列尼娜》、高尔基的《童年》《在人间》《我的大学》、鲁迅的《呐喊》《彷徨》等这都是世界文学经典。当然还有许多遗漏的，如普希金，他的诗为俄罗斯的语言带来了一场革命，巴尔扎克、果戈理、海明威、司汤达、福楼拜、

狄更斯、罗曼·罗兰、莫泊桑都是世界级的经典作家。中国除鲁迅之外，古典小说是四大名著，特别是《红楼梦》应是四大名著之首，这些古典经典都影响了一个民族的精神与文化。《红楼梦》可算世界级的经典巨著。从中国现当代国家层面来讲，除鲁迅外，还有郭沫若、茅盾、巴金、老舍、曹禺、沈从文、郁达夫、朱自清等，也都是国家级的经典作家。他们的经典之作，可以代表一个国家、一个民族的最高成就，可以影响一个国家、一个民族的语言变革与精神嬗变。

就儿童文学这个类别的世界经典来说，安徒生的《海的女儿》可谓是丹麦的经典，它是丹麦的精神化身，是丹麦民族的象征。林格伦的《长袜子皮皮》是瑞典民族的经典，皮皮是自由人类的象征。在丹麦到处可见到小美人鱼的纪念品，瑞典的大街上随时可见到打扮成皮皮的时髦女孩。至于意大利《木偶奇遇记》中的木偶形象的玩具、工艺品，在欧洲每个角落都可见到，哪怕是一个偏僻的小村镇。我们的儿童文学达到如此深入人心的经典还没有，如果从在国际上拿大奖的层面说，洪汛涛《神笔马良》中的马良可算中国民族的经典形象。尽管如此，仍不能与白雪公主、米老鼠相比。我的三岁的外孙女，喜欢别人喊她三个名字，一个是小鸭子，还有一个是小仙女，另一个是白雪公主，如果谁喊她不是这三个名字中的一个，她会给你纠正：不对，是小鸭子。或者说：不对，是小仙女。喊她白雪公主，她会高兴得唱起来，甚至会翻跟头。我们的童话哪一天才能像白雪公主一样流行全世界呢。我们暂时没有，我们只有在儿童文学圈子里的经典。陈伯吹先生可算儿童文学类型中最高级别的人物，他的《一只想飞的猫》是

经典，贺宜的《鸡毛小不点儿》是经典，叶圣陶的《稻草人》是经典，张天翼的《大林与小林》是经典，严文井的《南南与胡子伯伯》是经典，洪汛涛的《狼毫笔的来历》是经典，任溶溶的《没头脑和不高兴》是经典……我还可以举出一些，但是，随着时间的流逝，这些经典只留在某些人写的历史中了，或者一些同时代人的记忆中了，大都没有广泛历久地流传下来。有一次我在开讲座，我问一个孩子：陈伯吹你知道吗？他摇头：不知道。又问：你知道贺宜吗？又是摇头。恐怕不少现在的年轻编辑都没有读过《一只想飞的猫》《鸡毛小不点儿》。这些经典在逐渐被遗忘。孩子们只记住了安徒生童话、格林童话，一个小女孩可以完整地对我讲述安徒生的《老头子做的事总是对的》等童话故事。我心头悲凉。如果，我们的经典仅仅存在于那些研究者的文字之中，这种经典的价值就打了折扣。我们不是文化的虚无主义者，我们是文化的创造与发现者，我们必须有清醒的自我评判意识，才能有所作为，才能创造新的文化历史。

三、通往儿童文学精品的途径

我毫不夸张地说，在今天，儿童文学的精品是一稿难求的。首先，在把各种艺术技巧排除在外的状况下，生活阅历的多寡是作者是否能有精品以至经典诞生的首要条件。一个生活平庸的人是写不出好作品与大作品的，没有大喜大悲，没有大起大落的人生经历是无法书写经典的，整日生活在养尊处优的舒适生活之中，再有才华的作家也会文思枯竭。看看才华横溢的曹禺为什么37岁就写不出作品来了，看看20多岁的巴金写下了《家》《春》

《秋》，而人到中年再也无大作品问世。沈从文是多么有特点的作家，建国后他不写了。这都是生活制约的结果。但丁因被放逐22年，写下了《神曲》，雨果因流亡19年，写下了《悲惨世界》《海上劳工》《笑面人》。海明威因参加一战、二战才写下《过河入林》《岛在河流中》《太阳照常升起》。生活决定了一个作家的创作走向。鲁迅的经典也只能是他生活的故乡绍兴。生活是无法模仿的，它必须有切身的刻骨铭心的感受。一切的虚构在真实的生活面前都是苍白无力的。有人写了一点30年代的作品就自称为张爱玲，其实写作者已失去那个年代生活的体验，只不过利用查找到的一点30年代的资料写的，而张爱玲是那个时代的人，所以现代的作者永远不可能成为张爱玲。今天，那些无病呻吟的作品，包括空泛的儿童文学都是生活贫乏的结果。其次，对生活要有独特的观察能力和悟性。对于绝大多数作者来讲，生活本无精彩之处，只是平平常常地生活着，想做作家已经短了半截，但，倘若能做有心人，也能从平凡中见奇，在俗事中找美，在妄态中求真，做到入世深究，出世轻风，也会写出精品，甚至经典来。安徒生在《为我的童话和故事写的说明》中讲述了他创作童话作品的经历，许多名篇都是他生活中某一个细小的触发，他注意到了，就写成了作品，譬如说，《小伊达的花》就是他拜访他的朋友诗人蒂勒，跟蒂勒的小女儿伊达谈植物园的花的时候，伊达的一些话把他带进了创作。其三，要锤炼独特的个性语言。这种语言，一下笔便是其他作者无法替代的，是唯一的，独一无二的。听听安徒生是怎么说的，他说：我要用一种体裁能使读者感觉到讲故事的人就在面前，因此必须用口语。郑振铎称赞安徒生的作品语言"织入一切

歌声、图画和鬼脸"。安徒生的语言是质朴而可爱的。其四，点亮极致而丰富的想象火炬。宇宙之大，细微如丝，无处不在，无处不有，天马行空，神仙鬼怪，人间天界，驰骋无疆。其五，一切文学艺术的经典出现都需要孤寂的等待。歌德的《浮士德》写了60年。这本诗体悲剧也不过20万字。鲁迅一生就写了33篇短篇小说，总计26万字。但丁37岁放逐流浪、穷极潦倒，56岁完成《神曲》，这部巨著35万字。我在意大利百花大教堂听到唱诗班在唱诵《神曲》，《神曲》已被唱诵了700多年。这些巨著是孤寂等待多年的伟大。儿童文学经典出现也需要在孤寂中等待，如果像今天这样，写手们每年一写一大摞的书，不可能会有精品产生。只有静心似水，沉淀智慧（包括知识与阅历的积累），才能有所作为。我觉得，儿童文学的精品之作是难得的，当然，也不是不可求得的。

2016年3月24日下午于坤阳墨海居

未来嘹亮

我在去年12月"上海儿童文学理论研讨会"上说过这样一个观点，就是"儿童文学不是小众文学是大众未来文学"。孩子是我们的未来，为这个未来服务的文学，应该是怎样的走向？怎样的未来文学才能使孩子身心有益？我想就这两个问题说一些意见。

1. 亮色人物对孩子们的影响不可估量

我所说的亮色人物，可以是英雄，也可以是平凡而普通的人。亮色人物是美的人物，当然并非身上丝毫没有缺点与弱项，而是身上至少有一种或多种美的品行。亮色人物可以是正剧人物，如《神笔马良》中马良式的，可以是悲剧人物，如《海的女儿》中的小人鱼式的，可以是喜剧人物，如《猪八戒吃西瓜》中的猪八戒式的。大家知道，孩子们崇尚英雄，我们这一代人，就曾经崇拜过古代英雄人物，如《三国演义》中的刘关张，如《七侠五义》中的侠客，如苏联的卓娅与舒拉、牛虻、保尔，如战斗英雄董存瑞、黄继光、邱少云，还有小英雄雨来。在和平环境下的英雄，如欧阳海，还有雷锋。我是学习雷锋这个活动的最早见证人，那是1962至1963年间，我是军队的一名士兵，那时学雷锋是真学，是内心要学，没有虚假的成分，雷锋也是一名普通士兵，他做好事不告诉别人，他有同情心有善心，他是好人。这与佛家的做善事、与人为善是一致的，他不是一个拔高的人物，我们是诚心学他。那时许多青少年都热烈万分地学他，这就是亮色人物的影响。

我们的时代,需要这样的亮色人物,我们有良心的作家如果对未来负责的话,就要告诉孩子们学什么人,做什么事。

儿童文学的亮色人物可以是完美无缺的,如《神笔马良》中的马良。洪汛涛这篇不朽的童话至今还有旺盛的生命力。马良这个亮色人物集智慧、勇敢、勤奋、善良、不畏强暴于一身,是民族美德的化身。他是一个民族形象。就像日本的《一休》中小和尚一休一样,是日本民族智慧的化身。一休的故事流传很广,一直流传到中国,中国孩子也曾为之倾倒。《神笔马良》已经创作60多年,根据它所改编的电影曾获国际金奖。就在今年四五月将会有一部新的电影《神笔马良》问世,可见这个亮色人物的艺术生命价值有多高。这部作品的重新拍摄有它的现实意义。在今天的经济大潮中,泥沙俱下、鱼目混珠,有许多伪人物在诱惑孩子们,如伪娘、伪秀、伪明星、伪英雄等等,儿童文学也伪作泛滥,这些伪作没有亮色人物,只有凶残与暴力角色,需要成人为孩子们辨别真伪,提高孩子们的认知识别能力,使他们不至于学歪或模仿学伪。我是不主张孩子通过参加选秀一夜成名的。我是希望我们的孩子能像神笔马良一样,既是一个平常的孩子,又是一个勇敢而善良的孩子。我希望有更多的作家写出如马良一般的亮色人物来。一个亮色人物,会影响孩子的一生。

2. 给孩子展示真实的社会生活

儿童文学题材的狭隘已司空见惯,似乎孩子们的生活除了校园以及同学、老师之外,没有别的生活空间,写来写去都是学校这个小圈子里的事,包括那些已经有不小影响的作者也是这样没完没了地写着,生活面毫无新

意。最近，我为《上海采风》写了一篇纪念著名儿童小说家任大霖的文章，题为《记住任大霖》，任大霖的儿童短篇小说《童年时代的朋友》《蟋蟀》《我的朋友容容》写得极其精彩，我在与他多年的交往中得益匪浅，我的不少中篇小说都经他过目提过意见，说好说坏一清二楚，从不含糊，他是我的良师益友。他为我的小说集《失踪的鱼鹰》作了序，序中有一段话，借我的作品，谈了他的儿童文学创作主张，他说：这些作品题材内容比较广，有城市生活，有农村生活；有儿童生活，有成人生活；有抒情的诗情画意，也有剑拔弩张的战斗场面。总之，这些小说没有局限在儿童琐事之中，没有局限在"真空的"(即脱离现实社会的)所谓"儿童世界"之内，也没有局限于单纯的道德说教(例如配合"小学生守则"第几条)的图解模式之内。它们所反映的生活是现实的，所接触的问题是严肃的。我相信少年读者在读了这些作品以后，会受到启迪，开阔眼界，增进对生活的理解。大霖的主张与他的创作是一致的，他尊重自己的生活，题材从农村到城市，从成人写到三岁的容容，由于从自己熟悉的生活出发，又有高超的语言、构思能力，所以写下了传世之作。这段话是他1985年6月19日写的，过了将近30年，他的话依旧是正确的，他的作品也一样仍然有着生命活力。

今天的生活更是丰富多彩，磅礴而沉重。孩子们生活在一个信息时代，他们从手机、网络、电视等渠道获取的生活信息可谓五花八门，孩子已无法与世隔绝，这个现实是美好与肮脏、善与恶、真与伪、美与丑同时并存。孩子的周围不再尽是莺歌燕舞、美好单纯。金钱驱动下的邪恶、丑陋、罪

孽时有发生，人情的冷漠、好逸恶劳、贪图享受、追名逐利、坑蒙拐骗、利欲熏心、自私绝情造成的悲剧常有常见。生活的优越、溺爱造成孩子心理脆弱、怕吃苦、轻视普通劳动的现象不在少数。现实警示我们，如果不警惕，适时引导，我们的未来就不容乐观，我们的未来就可能被毁掉。我们为未来服务的文学，岂能还陶醉在校园的小情调、小趣味、小感觉之中。当然，真正优秀的儿童文学家的良知是永存的，当我读到90高龄的任大星的中篇小说《坏爸爸，好爸爸》之后，我觉得这是一篇不可多得的好作品，它反映了孩子所面临的沉重的社会现状。这部作品后来在《新民晚报》连载了，获得了一致好评。另一部佳作就是现在在《新民晚报》连载的青年作家殷健灵的儿童纪实散文《爱——外婆和我》，这部作品记录了共同生活近半个世纪、却没有血缘关系的外婆和外孙女日常生活中独特而又平常的点点滴滴。作者倾吐了祖孙之间相依相念的真挚的亲情与爱。我读了部分章节，感动得流下眼泪。作者说，这不只是写给孩子的书，她更愿意读者与父母，以及(外)祖父母一起分享。在今天亲情缺失的时代，这部作品的现实意义是强大的。这一老一小作家为我们写出了模范性的作品，我们除了祝贺他们之外，也希望有更多这样的佳作涌现出来。

3. 点燃孩子未来的理想之光

这个问题可能有点不合时宜，现今人们对理想的说法有些淡化，或者说有点贫血症。更多的人讲究现实："学好数理化，不如有个好爸爸"，"有权有钱方为人上人"。孩子们唱着"我们是共产主义接班人"，唱归唱吧，共产主义毕竟是遥远的事，现时还只是"社会主义的初级阶段"，社会道

德的下滑，造成不可摆脱的思想雾霾，给孩子带来理想的迷茫是既成事实。

　　我们应该清醒地看到：一个民族没有理想，这个民族必然灭亡，孩子们倘若失去理想，未来就没有希望。我们必须面对这个现实，我们有责任点燃孩子未来的理想之光。其实，理想有宏观与微观之分，大的宏观，可以与国家、人民联系在一起，带有崇高的性质，譬如那些为新中国成立而牺牲的英雄们以及在新中国建设中作出贡献的劳动者。他们所做的一切是与国家、人民联系在一起的，这是崇高的理想，要达到这个境界的人要有为国为民的牺牲精神，这些人是民族的骄傲，是做人的楷模。小的微观上来说，不一定有为国为民这般高度的奉献精神，其想法也很普通，就是做一个对别人有益的好人。他们有一些小小的愿望，例如，村子里有条河没有钱造桥，他想造座小桥方便河两岸的人。又如，奶奶病了，孩子每天放学回家在街上拣废品换钱买药，总希望奶奶的病早点好起来。诸如这类小小的愿望，并不宏大，也不显眼，我认为这体现出人的一种品行。我想，我们更应该提倡这种品行。安徒生有篇童话叫做《老头子做的事总是对的》，讲一对老农夫妇的故事，老头子骑马去集市，按老伴的吩咐卖掉马换点什么，老头子先是用马换到牛，再用牛换了羊，然后是羊换鹅，鹅换鸡，鸡换了一袋烂苹果，一路换下来，他总不觉得吃亏，总往好的地方想，总想着老伴会开心。表面看这老头子做了傻事，等他回到家一讲给老伴听，老伴果然高兴，给了他一吻。这一吻，老农夫妇赢了112镑金币。因为两个英国人与老头子打赌，他用马最后换了一袋烂苹果的傻事一定会被老太太狠狠打一记耳光，老头子却坚信老伴会说：老头子做的事总是对的。他们终于

赢了。这故事告诉我们，老农夫妇的互相信赖，以及不仅自己快乐还要让别人也快乐的心态，这是多么值得炫耀的理想品格啊！

2014年3月11日下午草于坤阳国际大厦墨海居

幼儿文学是小天使文学

上海市儿童世界基金会文学幼儿园,是上海市唯一的一所由文学巨匠巴金老人题写园名的幼儿园,也是上海市唯一的一所以传播幼儿文学教育为特色的幼儿园。这所幼儿园的园长晨瑜女士是一位幼儿文学的教育专家,她经过多年潜心研究、实践,探索出一种独特的幼儿文学特色教学法,并撰写出一套《幼儿教育指导丛书》。晨瑜园长在她写的序中说:如果说幼儿的成长离不开童话和幼儿文学的话,那么幼儿文学和童话可促进学前教育的发展和进步,可以让幼儿在幼儿文学的摇篮里健康成长。在这所幼儿园里,我们不仅能亲眼实观学习晨瑜园长怎样带领她的团队在幼小的孩子中进行幼儿文学教育的全过程与经验,而且为从事幼儿文学事业的作家、理论工作者、教育工作者、编辑开启了一扇启迪心灵的窗户,同时,也会使我们体验到幼儿文学教育是一项多么伟大、美妙、神圣的工作。

我一直认为,幼儿文学是这个世界上最美的文学。从事幼儿文学事业的人,应该是心灵最纯净、最健康、最仁爱、最善良的人。杰出的幼儿文学作家应该是天才作家。因为幼儿文学有其独特的美学要求,连鲁迅也觉得"做起来十分烦难",这不仅仅是外在的语言、人物的童趣、童味,更有内在的童韵、童律、童性、童念。

对于幼儿文学的美学原则,我这里不作理论上的分析,我只说两句常见明白的话:"天真无邪""童言无忌"。所谓"无邪",即是无邪念、无

邪想、无邪思、无邪形、无邪说。也就是说，幼儿文学作品中不得出现恐怖、血腥、邪恶、奸诈、淫秽、阴暗、庸俗等方面幻化的人物、情节、画面、色彩。幼儿文学作品应是阳光灿烂、鸟语花香、欢声笑语、妙趣横生，纯如露珠、溪泉一般。所谓"无忌"，即是无猜忌、无禁忌、无忌讳、无隐忌的真性、真情、真语。这是孩子天真的童性。安徒生笔下的孩子是"无忌"的，所以，安徒生才能写出《皇帝的新衣》这样的经典来。

其实，"天真无邪""童言无忌"的形象就是小天使的形象。我在法国的塞纳河上见到一项大桥，它的名字叫：亚历山大三世大桥。这是俄法结束百年战争之后，俄国沙皇尼古拉二世将它作为法俄亲善的礼物，捐赠给法国的，并以尼古拉二世将它的父亲亚历山大三世的名字命名，因为亚历山大三世曾与法国签订法俄联盟协定。这是一项和平桥，桥的一岸是香榭丽舍大道，桥的另一岸是荣军院，拿破仑的墓就在这里，拿破仑曾使莫斯科烈火屠城。这项桥意味深长地告诉世人：不要战争，要和平相处。大桥是精美绝伦的，但，最精彩的地方是几组小天使的塑像，一组是一群活泼、健壮的赤身裸体的男孩、女孩，在大海中戏闹，有手捧花环的、有骑鱼执叉的、有踏浪捉鱼的、有骑在海妖头上听螺抚琴的。另一组是男孩与巨狮，男孩或为巨狮戴花环、或抚摩着巨狮，巨狮温驯地眯着眼睛，孩子与狮子脚下踩着打仗的盾牌。这些小天使的塑像看一眼会震撼一生，当时便让我感动得在桥上来回走了好多次。小天使的形象就是和平、欢乐、慈爱、温善的象征，它所展现的内涵与艺术魅力，该是幼儿文学所努力创作的主题与方向。

我们人类有许多美好的品行与品德，对于幼儿文学来说，有时可以归

纳成最简单、最易记的两句话：有爱心，要劳动。这是法国伟大的作家雨果给孩子的简单平实的告诫。

　　大家应该觉得，雨果的话与前面说的亚历山大三世大桥的小天使形象是那么一致，是那么自然融合。当然，幼儿文学要写出小天使的艺术形象，要写出孩子们有爱心、要劳动这个永恒的主题，需要作家付出艰辛的劳动，甚至毕生的精力。我们敬重的陈伯吹先生该是所有从事儿童文学事业的人学习的楷模。

2013 年 6 月 3 日下午完稿于德阳墨海居

童诗的美学追求

本篇试从美学角度，品谈一下童诗的现状，以及童诗的未来走向。

1. 童诗的美学困惑

童诗是写给孩子的一种艺术。因为童诗的审美对象的特殊性，而且不同年龄段的孩子又有不同的审美心理、审美要求与审美经验，相对而言，为孩子所作的童诗并非一般诗人所能为的。童诗是诗，但，是一种更纯美、更富有生命的诗。这是一种特殊的艺术，我觉得，优秀的童诗作家必是心若童子的天才。

新中国成立以来，我们的童诗与其他文学样式一样，也取得了不俗的成绩，涌现出一批好的作家与作品。但是，总体来说，童诗的美学品味、审美价值、美感深度等等方面都有待讨论与提高。

童诗创作的美学困惑，主要来自两个方面，一是创作环境，二是创作主体。

先说创作环境。中国的封建社会太长，自"五四"以来至今，在文化、教育领域中反封建的任务依旧很重。封建意识此消彼长，不仅不退，还有封建复古之势。孔子复活，教育孩子自幼尊孔，声势浩大。教育出了问题，温良谦恭成了唯一美德，鲁迅告诫要使孩子们"活泼、健康、顽强、挺胸仰面"，而决不能把孩子们培养成"低眉顺眼，唯唯诺诺"，"拘谨、驯良"，"温文尔雅，不大言笑，不大动弹"，"不但失掉天真，还变得呆头呆脑"，

一旦走向社会"则如暂出樊笼的小鸟，他不会飞鸣，也不会跳跃"。这些都反成了过时老话。孩子是为上学考试而生，考试的竞争是从托儿所开始，唯老师之命而从，老师唯学生考试优劣而拼命，家长唯孩子考试成绩而犯愁，孩子唯考试而活，许多城市的孩子已不会玩了。这样，就衍生出一批又一批考奴，学生只会考试，而不是社会需要的人才。集体审美意识出了偏差，好孩子的标准，就是听话、考得好。这就是现实的创作环境。

再说创作主体。童诗的创作主体一般来说是成人，而成人与儿童之间有一道难以逾越的审美心理鸿沟。它要求作者必须要有一颗纯洁的孩子般的心灵，睁眼闭眼是一幅又一幅梦幻般的童话世界，也就是说，丢掉成人的审美经验，回到孩子时代，或者说，摒弃成人的心灵积习，与孩子心灵相通，获得重生。这是一个从成人感知的某种功利性到洁白无瑕的孩子世界的净化过程。这种从成人到儿童审美心理鸿沟的逾越，我称之为儿童审美心理涅槃。

童诗创作离不开生活的土壤，童诗创作离不开作家的劳动。上述这两方面的因素，常常使童诗创作陷入美学困境。于是，我们见到了一些爷爷、奶奶、叔叔、阿姨的教训式的童诗，或是急功近利的概念、口号童诗，或是毫无个性的类型、模式童诗，或是缺乏鲜灵生命活力的粗糙、僵化童诗。

2. 童诗的原生态美

所谓的原生态美，即是生命的原始状态之美。

我曾在童话美学中说过，孩子的原始表现力和感受力是成人无法企及的，不同年龄的孩子的原始表现力和感受力也是不同的。年纪越小，原始

表现力和感受力越强。

童诗其实是孩子的涂鸦艺术。童诗不是孩子行为的简单模仿。童诗应是孩子灵魂深处自然流淌出的生命之歌。

生命的原始状态的神奇与美丽，这是诗人无法靠想象来捕获的。诗人任何无端的想象与幻觉，在孩子的原始生命认知面前，都显得苍白失色。

我领着一个孩子在街上走，这是一个两岁的男孩。太阳很好，孩子突然叫了一声：咦！他伸出脚踩下去，我发觉他是在踩影子。孩子第一次注意到影子，很好奇，他走，影子也走，他停，影子也停，他追，影子也跑。追到屋檐下，影子不见了。追着影子走，这就是原始生命状态的孩子，多美，在他的眼里影子是有生命的东西，他从影子里看到了什么？我们猜测不出来，这个谜，有多美。

原生态的美就存在于平常的生活之中。

3. 童诗的韵境美

通常我们称赞一首诗时称它有诗味。这在诗的美学中，讲的是诗韵与诗境。这是诗美的核心内涵。童诗与成人诗的最大区别，在于童诗的诗韵脉动着孩子心灵的韵律；在于童诗的诗境飘逸着童话的光与色。童诗的诗韵与诗境是相关、相通、相互依托的美学意象。

倘若略为细说一下，童诗的诗韵，不单讲的是诗句的韵律，还包含了声韵、色韵、光韵、神韵、形韵等等诗美因子。譬如，从声韵来说，一般作者只知道在诗中弄出声响来吸引孩子，只达到一层美感认知，而不懂得声音的韵律会有多义性，会有隐意性。我读到英国作家里弗茨的作品，题

为《巴喳,巴喳》。诗写道:穿上大皮靴在林子里走 / 巴喳,巴喳! / "笃笃"听见这声音 / 就一下躲到了树枝间 / "吱吱"一下窜上了松树 / "蹦蹦"一下钻进了密林 / "叽叽"嘟一下飞进了绿叶中 / "沙沙"哧一下溜进了黑洞 / 全都悄没声地蹲在看不见的地方 / 目不转睛地看着"巴喳,巴喳"越走越远。这首诗的精妙之处,就在于声韵的多层次的审美认知,一层意思让孩子们猜谜,大皮靴以及各种逃窜的动物是什么,这是猎人、啄木鸟、松鼠、兔子、蛇等。第二层意思是猎人引起了小动物的多少恐慌,小动物时刻命悬一线,让孩子们为小动物的命运揪心。第三层意思猎人走了,让孩子们悬着的心放了下来,紧张之后的松弛,让孩子们深思,爱护小动物,爱护大自然。这样一来,这首诗的回味就无穷了。再说光韵与色韵,童诗的一草一木,一叶一花,一山一水,一虫一兽,一人一物,四时变化,日月星辰,神仙鬼怪,不论是有生命的无生命的,或是超生命的,只要在童诗中出现,必然充盈着生命的光与色,要细腻之极地表现其间光与色的独特的美质,不得混同成共性或类型,如,"红的花""绿的草""万紫千红""百花开放"这样的诗句。这全在作者的观察功力,倘若我们细细观察一下早晨草叶上的露水珠儿,我们可以看到每一滴露水珠儿都有一个太阳。朝露的美丽是极其短暂的,太阳一出就消失了。但是,它曾经拥有过一个太阳,这很伟大。再说神韵与形韵,优秀的现代童诗,看似无韵实有韵,这是诗的神韵。特别是童话散文诗。我特别欣赏郭风的童话散文诗,他的作品做到了神形兼备的诗的美境。而有些作者只不过把一句普通的话分行而成诗句,只注重表面的形韵,而缺失神韵。

至于诗境。它是形、色、光、声的物质世界，以及千变万化的心意世界形成的奇异奥妙、多彩多姿的诗韵综合因子在画境上的体现。不再详述。

4. 童诗的谐隐美

诗美的另一个内容就是讲究"谐隐"。刘勰在《文心雕龙》中有"谐隐"一说。可见，古人对诗文的"谐隐"很重视。

在美学上"谐"与"隐"是两个不同的概念。"谐"的含义，就是诗文的诙谐、谐趣。"隐"的含义，就是诗文背后藏匿的隐语、隐意。

童诗的"谐"与"隐"与成人诗大相径庭。成人诗的"谐"，多有嘲笑、讽刺的意味，如容貌的丑拙、品格的亏缺、民族的弱陷；多有愤世、悲慨，才有"愤怒出诗人"一说，如对时事轻薄，对命运开玩笑，或玩世或超世。童诗的"谐"，是纯属孩子的游戏，是孩子说的笑话，是孩子的"滑稽"表演，是孩子的智慧、机智、幽默的语言艺术。

孩子的谐趣，是一种情绪的释放，或者说是一种对禁锢情绪的释放，毫无恶意，爱在其中，纯洁似水，不杂尘埃。孩子的谐趣，常令生活的"死水""起皱"，为僵沉的空气带来活力，它是生命快乐的轻音乐。孩子的谐趣，常使童诗达到"哭笑不得""啼笑皆非"的艺术效果。任溶溶的童诗《我属猪》，就是用一个属猪孩子的口吻，自我解嘲的诗。这就是孩子的说笑话诗，唱滑稽诗，谁读了都会乐不可支，捧腹而笑。

我看到不少童诗，那么一本正经，那么"直率吐出"，毫无谐趣可言，孩子们看了一定觉得很累。

再说"隐"。成人诗的"隐"，或是忧国忧民之情，或有某种政治意

图，或是男女爱恋之思等等，有时深藏不露，有时似是而非。特别是那些现代朦胧诗，隐语的破译，需要一定智慧。童诗的"隐"却是另一种风景，它是儿童的猜谜语游戏，它是孩子在捉迷藏。一首童诗，它的隐语一经戳破，孩子对于掩藏的神秘的好奇心得到满足，孩子就会大为惊赞，有一种欢欣胜利之感。这就是童诗隐语的魅力所在。前面说到的《巴喳，巴喳》这首童诗的隐语多好。童诗的隐语，必须要做到"微言大义"，小儿语实属微言，大都浅显，倘若能艺术地再现"微言之大"，便是诗人的天才之举。而我们常读到些许童诗，把"学雷锋""爱祖国""爱学习"明明白白写成诗句，被称为"白开水"一般，恐怕与童诗的隐语有关，或是无隐语可言，或是其隐语拙劣，或是其隐语单一。总之，不见精妙，难成好童诗。

　　以上讲的童诗美学追求，仅说了几点而已。其实，童诗美学是一个值得研究的学问。童诗是一种美丽而迷人的艺术，它如同夏夜天空的星星，给人类一团梦幻般的谜。

　　孩子们需要有更多的天才童诗诗人。

2010年5月26日下午草于东方飘鹰墨海居

文学创作

中国文化绘本创作论

就今天的中国大陆而言，绘本的创作与传播已形成一股不可遏制的文化潮流。这种绘本文化的产生与崛起，标志着中国本土原创绘本已成为不容忽视的存在。在相当一段时期内，我们的幼儿园、小学充斥的大都是翻译自国外的作品，然后是中国台湾的绘本传入。现在的情况发生了根本的变化。绘本创作的觉醒在许多出版机构的助力下得以实现，并被小读者们接受。在我们的出版机构都在争相把热点放在绘本的编创与推广时，我们不得不思考这样一个问题：我们的绘本创作之路究竟怎么走？

我应该是文学创作与研究的老人了，对于各种文学体裁的创作都有尝试，小说、诗歌、散文、报告文学、戏剧等都曾有作品与研究，终究感到一切文学艺术都离不开生活，终究认识到我们的文学艺术必须走自己的中华文化之路。我们的文学艺术的根是在自己的故土上。我虽然没有写、绘过绘本作品，但正在参与主编上海教育出版社的一套《中国童话绘本》，这是囊括了中国现当代全部童话精髓的绘本文化工程，第一辑八本出版之后就引起了社会的广泛关注，试销的1万册很快被抢购一空，随即又马上加印。上海市新闻出版局也将这套《中国童话绘本》视为中华文化的一种积累，给予特别的重视，其中《红点点绿点点》《给乌鸦的罚单》《金胡子和红毛衣》《奶奶的怪耳朵》陆续获得由上海市文明办、上海市文联、上海市新闻出版局颁发的"上海好童书"奖，以及第二届新青藤童书榜、

国家新闻出版广电总局2016年向全国青少年推荐百种优秀出版物、华东地区优秀教育图书二等奖。现在这套《中国童话绘本》第二辑十本已出版七本。除了参编这套绘本外，我还正在主编创作由华东师范大学出版社出版的神话小说《新说山海经》，共十卷，每卷十万字，现第一卷《奇兽卷》已于2016年出版，此书是以中国神话之源《山海经》为底本进行重新创作的中国神话小说，出版后也产生了相当不俗的影响，除了被评为"上海好童书"之外，还是去年上海国际童书展的"十大好书"之一，并被上海市新闻出版局推选为"全国三十种优秀童书"。第二至第四卷也即将出版。这套《新说山海经》神话小说绘本也在同时启动。除此之外，我还参与了四届"上海好童书"的评选，接触与阅读了全国30多家（包括台湾两家）出版社送评的各类绘本，为此，对目前中国绘本有了一些了解与认识。下面就中国绘本创作说三点意见。

一、绘本创作中的中华文化本土的生命体验

中华文化与西方文化的差异是一个很大的概念，同样，因这两种文化的不同而体现在绘本创作上的差异也是一个很大的题目，因为它涉及许多学问，中西文化在心理学、民族学、伦理学、哲学、神学、美学以及价值观、道德观、生命观、宗教观、艺术观等等方面都有截然不同的反映，这不是本文讨论的主旨。而且中华文化本身也是一个大概念。中华文化是中华民族五十六个民族文化的大汇集，上下五千年，博大精深，每个民族都有自己独特的文化历史，每个地区都有自己独有的乡土文化渊源。中华文化的

民族文化、地区乡土文化又包涵了多少民风、民俗、风土人情，哪怕一乡一镇都有自己的本土的文化。所以我在这里特别提出一个小的概念，强调中华文化的一时一地的本土性，而不是概念的共性。

其实，每一本具有中华文化特色或内涵的绘本作品，都是每一个创作者对他最熟悉的本土的生命体验。这种生命体验的作品是个性的，是不可重复的，也是不可复制的，独一无二地存在着。创作个体的生命轨迹决定了绘本创作的走向，这是一条千真万确的道理。毫无疑问，世界级的所有著名作家的经典作品都不是偶然的，都是这些作家生命体验的结晶。我曾多次游学欧洲，到过伟大作家莎士比亚的家乡斯特拉福古镇，我触摸到了莎翁生命轨迹的脉动，感悟到莎翁创作的本土生活原型，可以这么说，莎翁的许多作品都出自对这个小镇的生命体察。譬如，《温莎的风流娘儿们》《皆大欢喜》《十二夜》《恶有恶报》《仲夏夜之梦》等等，许多人物是以他的家人、小镇亲戚以及邻人为最初原型。我曾写过一篇长散文《亲近莎翁》发表在《文学报》上。我曾在法国巴黎圣母院前徜徉许久，观察圣母院大门上的圣人、仙女、精灵，感受雨果创作《巴黎圣母院》的心路历程，知道了雨果在圣母院的塔楼间暗角里注意到几个尘封的希腊字母：命运，而灵光一现写下了这惊世之作。这几个字母是一种艺术的轻微刺激而产生的艺术感觉，是生命体察的闪光点。我为《文学报》写了整版散文《仰望雨果》。在此仅说这二例。

同样，绘本的创作也是需要作者有对本土生活的生命体察，才能写出有血有肉的动人作品。我阅读了一批台湾活跃的绘本画家与作家的作品，

他们讲到童年本土生活的印记对自己的影响，讲到他们不少作品中都有童年的影子，这种本土文化的童年熏陶往往是刻骨铭心的，或者说是烙在灵魂上的。台湾陈丽雅的一本知识性绘本《我种了高丽菜》，在介绍台湾种植知识的绘本中融入了台湾人文与生态风景，给人以一种特别的享受，曾被评为"上海好童书"。她以台湾乡土风情见长，她认为："技巧有时是其次，重要的是保有个人的文化与气质，作家应该在作品中融入情感，结合生活周遭经验与个人美感，才能丰富作品的生命力与美。"她对在生活中寻求美是十分用心的，她的每一本绘本，大约都要花一年的时间才能完成。她在为绘本《走，去迪化街买年货》配图时，每天去观察迪化街早、中、晚不同时段出入的人，并做了记录。后来她画出了一百多个逛街采买年货的人和在街上卖东西的人，各种形态、相貌、穿着服饰，把这条街的文化渊源和深度表现了出来。这种有人文厚度的绘本是本土化的，是中国文化的，它因此有了更多的耐读性，小读者可以反复地读它而不乏味。另外，由于创作主体具有中华本土的文化底蕴或者说文化沉淀，即使在体验异域人情时也会因原先的文化印记而表现出故土意识，作品所体现出的个人文化与气质还是原先的文化根基。

可以这么说，具有中华文化本土生命体验的绘本创作是鲜活的，是永恒的，是世界性的。

二、绘本双重创作中传统与现代的中华文化元素

绘本创作是一种双重的创作，或者说是双重的艺术。它的成品包含了

绘画与文本故事两个方面。如果是无字绘本，其实也是两个内容，即画与故事。这种绘本创作的过程并不像一般人想象的那般容易。有人为一本薄薄的绘本却用了三年时间画了三个不同的版本，还有人努力十年才完成一本，可见这双重创作的艰难性。

绘本创作者的构成一般来说来自这样几个方面：幼小教师、视觉设计者、插图画家、电脑卡通画作者等。多数是兼职者，倘若是专职绘本创作者，按一年创作一本的速度是难以维持生计的。在绘本创作者的队伍中，有的只依附于文字作家，按文字作家的原始故事进行绘图。而在西方绘本创作中基本上画与文是一个人完成的，他们更重视视觉形成的故事，文字只处于附属地位。目前，台湾的绘本基本上由一人独立兼顾文与画了。大陆这方面的绘本作者也有，但多数是为文字作家服务的。

一般地说，绘本的绘画创作更为重要，它是绘本的形象主体，即使无字，画的故事也能独立存在，画的故事控制着整个绘本故事的走向。绘本带给读者的视觉震撼与冲击力往往远超过文字的表现力。我们绘本的画面故事中，中华文化元素无非体现在两个方面：其一是绘画本身的艺术手段。不仅是线条、色彩的变化，还可以用手绘、拼贴、电脑制作，可以油画，可以水墨画。中国独有的书法、古琴等，以及中国的美学观念，都自然贯通融为一体，不露人为痕迹，又显示出独特的本土文化与思维方式，而并不限于是表现本土生活还是异域风情。例如台湾绘本作家蔡兆伦的《伦敦的小麻雀：艾伟德的故事》，虽然是英国的故事，表现手法以牛皮纸为背景，用墨汁与毛笔勾勒出轮廓线条，营造出中国古朴的时代氛围。色彩很中国，

笔调也属于中国式的。其二是绘本的故事。从某种程度上来说，构思一个好的绘本故事比绘画本身要难。许多人常常为此苦苦思索、寻求。

一般来说，中西绘本创作者不是说故事的能力上的差异，而是编织故事的价值观与思维逻辑上的不同，譬如德国绘本作家达妮拉·库洛特的绘本《搬过来，搬过去》说长颈鹿与鳄鱼是一对情侣，长颈鹿太高而鳄鱼太矮，生活在一起产生了麻烦，在鳄鱼家住长颈鹿受不了，在长颈鹿家住鳄鱼吃不消，就这样搬过来，搬过去，但还是解决不了问题，后来他们挖了一个池，相亲相爱地生活在水池中。从中国人的思维逻辑来讲，长颈鹿与鳄鱼不是同种类的生物，不可能发生这样的故事，而且鳄鱼是食肉动物，是具攻击性的，长颈鹿是食草类动物，它们生活在一起的逻辑是混乱的。同样，中国作家汤汤写的一个绘本故事是讲两条毛毛虫的友谊，它们互相爱着对方，不希望分开，但是它们要变成蛹而且要化成蝴蝶，它们为了不忘记对方，想了许多办法，并互相在对方额头咬了一个牙印。后来它们变成了蝴蝶，谁也记不起谁了，然而这两只互为陌生的蝴蝶又成了好朋友。这是中国式的化蝶故事。它是符合中国人的思维逻辑与严格的生物学原则的。

中国式的本土故事、中国式的本土画风往往最易走向世界。当然，在中国绘本文化中吸收西方文化的养料，将西方文化为我所用，这样所创作的绘本，其底蕴是中国文化，又显示出绘本的丰富性与多样性。

三、绘本创作的中华文化视野

在中国绘本创作中融入中华文化的精髓，这是一种大视野。

这种大视野下创作的绘本可在世界文化之林中大放异彩，这种大视野下创作的绘本可与欧美任何绘本媲美而毫不逊色。

可以这么说，我们生活的这片土地上，中华文化精神是无处不在的，只要留心、在意，绘本作者可以将中华文化形象随心所欲、自由潇洒地入文入画。

古老的、现代的故土文化是绘本的创作之源或者说是根。

在我们故土的每个乡镇、街道，哪怕小巷、小村都有它说不完的故事，都有它精彩绝伦无法虚构的往事，都有它的文史渊源。香港女作家严吴婵霞写过一本绘本《姓郑的书》。这是借写香港锦田水尾村的一棵数百年大榕树的变迁，来写香港最早居民郑族聚居家园的历史渊源。不但抒写了对家园的乡土深情，也揭示了现代社会疯狂拆迁重建带来的严酷问题，是对中国历史古迹文物遭毁灭的一种无奈的呐喊。

纵观中国文化古代、近代、当代，有多少经典故事可以入绘本！单单古寓言故事就缤纷五彩，令人眼花缭乱，比如《叶公好龙》《刻舟求剑》《滥竽充数》《自相矛盾》等等，有时一句谚语，一句成语都会创作出中国文化经典绘本来，例如：中国童话绘本《三个和尚》，就是童话作家包蕾的代表作，它出自谚语"一个和尚挑水吃，两个和尚抬水吃，三个和尚没水吃"。还有《螳螂和车轮》，是童话大家贺宜根据中国一句谚语"螳臂挡车，不自量力"而写的童话，现在改成绘本也很精彩。同样，中国神话也是丰富无比的绘本题材的宝库，如中国童话绘本中的《猪八戒吃西瓜》是包蕾根据古神话小说《西游记》改编的。上海人民美术出版社出了一套《开天辟

地——中华创世神话绘本》，其中的《后羿射日》《女娲造人》《大禹锁水怪》等等，都是利用神话进行的不俗的艺术尝试。

中国各民族都有自己的民风民俗民族习性，即使知识性的绘本也可以通过动植物生活形态、科学技术的萌芽及进步来渲染本土文化的特色。譬如台湾绘本作家施政廷的绘本《盐山》是展示台湾原住民的煮盐文化，另一本《家住糖厂》是表达台湾糖诞生中的故土意识。

中华文化的视点实在太多、太庞大，本文只做一个提示，不作过多分析。

当然，我们在绘本创作中传达中华文化精神并非复古。中华文化本身有优劣之分，有精华与糟粕，我们传承的中华文化是它优良的部分，不是全盘的复古，绝对的全盘的复古与全盘的西化都是不可取的。前面讲到的《姓郑的书》《三个和尚》《螳螂和车轮》《盐山》等绘本中既有中华文化元素，又融有现代意识，它是文化融合的个性创作，不是简单的原土生活、文化的临摹与仿造。

中华文化绘本正走在进取、探索的路上，它的前程一定是远大而广阔的。

2017 年 8 月 14 日上午草于坤阳墨海居

把儿童文学原创强大起来

　　这些年连续评了六届"上海儿童文学好作品奖"以及三届"上海好童书"奖，有一些感想，想说说。

　　我每次评阅作品都怀着极大的期待，总希望能看到一些精品、佳作，或者一些精彩的新人新作。说实话，我的期待常常变成遗憾与失望，精品、佳作实在太少，当然有一些好的或者比较好的作品，但大都是一般性的作品或是平庸之作。就拿这次"上海儿童文学好作品奖"来说，上海发表儿童文学的报纸杂志不算很多，但也有十几种吧，一年发表的作品也应数百上千计，但好作品是那么难找。从"上海好童书"的情况来看，文学类占40%比例，其他知识类、思想类、文化类、低幼绘本类加起来占60%。总的看起来原创极少，好的更少，许多是老作者改头换面的重版书。我对于儿童文学现状的评价，总是不乐观，我写了一些文章用事实说了我的看法，譬如，《爸爸的礼物》这本上海儿童文学佳作集第一卷序言《文学不以获奖而流传》，第二卷序言《童目无界》。这篇《文学报》转载了。还有批评文章《当下儿童文学的弊端》在《儿童文学研究与推广》刊出后，立即被山东一家有影响的杂志《文化前沿》转载了，另一篇《儿童文学要有精品意识》在学会杂志第三期上发表后，影响很大，樊发稼，还有人民文学出版社的李岘刚都发微信希望在《文艺报》《文学报》刊出，但结果未能如愿。每期学会刊物我都写主编絮语，这些絮语中也有我的一些儿童文学

主张。第三期絮语刊出后，我收到殷健灵的微信，她拍了一张主编絮语的照片，加了一句话：张老师，此段甚佳。这一段我念一下：我讲《儿童文学要有精品意识》的本意是提醒与告诫儿童文学界时下的若干不尽如人意之处，但是讲话的时机似乎不合适，那时曹文轩正获安徒生大奖，一时间中国儿童文学仿佛一下子登峰造极了，很多人自诩中国儿童文学是世界最好的。也就是说，我的提醒与告诫仿佛成了多余的话。据我所知，自设立安徒生儿童文学奖以来，获奖作家与画家已达 50 人左右，有的同一个国家多次获得此奖，并未听到谁说获得此奖的国家是世界上儿童文学最好的国家。我们有的写作者总喜欢说大话，总喜欢听好话，听不得一点反面意见，一碰就会跳的，像河豚一样，一触就肚皮鼓得很大。其实，获得此奖并非就是与安徒生日月同辉了。还有一个安徒生文学奖，如果获得此奖项，才堪称"媲美安徒生的伟大作家"了。此奖是 2010 年创立于丹麦，第一位受奖人是英国小说家 J.K. 罗琳，2016 年授予日本作家村上春树。此奖的宗旨是奖励世界上最伟大的作家。我曾为上海市年度最佳儿童文学作品集《爸爸的礼物》写过一个序文《作品不因获奖而流传》，其中有一段话是这样写的："历史的淘汰与刷新是那般无情，任何人都活不过历史。曾经的荣耀与奢华，弹指间就灰飞烟灭。文学作品不会因获奖而流传，而《红楼梦》《三国演义》《水浒传》《西游记》《聊斋志异》等却在静寂无声中流传着。"我坚信我对今天中国儿童文学现状的判断，所以，《儿童文学研究与推广》此期全文刊发了《儿童文学要有精品意识》这篇讲话稿。

在去年上海的一次儿童文学笔会上，我说了：我称不上儿童文学作家，

文学创作

儿童文学我写得很少，这十年我只写了两三篇，我主要写成人小说与散文，还有美学理论研究。这些年出了三本书，一本《童话美学》、散文三部曲前两部《人梦》《人界》总计100万字。正写第三部《人悟》。另外正主编创作《新说山海经》，已出版第一卷，这也不是纯粹的儿童文学，这是儿童与成人都能看的神话小说。但，我很关注儿童文学，我每次说一些看法，都不是随心所欲，信口开河的。今天这个题目《把儿童文学原创强大起来》也是想了很久的。我想，为什么对儿童文学的判断会出现截然不同的观点。我们今天表面上的儿童文学轰轰烈烈，热热闹闹，是儿童文学强大了吗？我必须说真话，因为现在正常的文学批评已经很少见了，或者说几乎没有，我有个朋友是旅澳的作家，他批评了上海的某一两位作家的作品，结果被骂得狗血喷头，对方一派文霸语言与做法。于是，我们见到的都是表扬稿、吹捧稿。但这真的要注意了，越吹捧得厉害，越是假货。要说强大，只能说，营销的能力是比过去强大多了，一本不怎么样的童书可以销到百万册以上，甚至还有销量达到700万册的书。书市已经没有书香，只有吆喝声与汗臭，像集市买卖。这与我在俄罗斯普希金大街见到的书市完全是两回事，在那里人们围着书摊安静地阅读与挑书。德国的街区书市也是静得能听到心跳的声音。另外就是各种不同圈子的吹鼓手非常强大，他们占据着有话语权的平台，别人针插不进，水泼不进，而一有圈子人物作品问世，则不论好坏，喇叭就吹起来。我一目了然，火眼金睛，整个全国儿童文学原创力并不强大，全国也就四五十个熟面孔，上海也就十来个熟练的写手。吹没有用，吹大了要爆的。说到底文学创作是一个人的事，是作者对自己生活经历的

内心倾诉，它不是集体的行为，不是外力可以起作用的，它与国家强富无关，它与乱世、盛世也无关。文学作品不是靠开会开得强大起来。曹雪芹没有参加什么会，他写出了《红楼梦》，而巴金、曹禺就是会开多了，写不出来了。文学作品的强大，说到底是作者个人的强大。王国维生在乱世，他写下了《人间词话》《宋元戏曲考》《红楼梦评论》等传世之作，雨果流放写下《悲惨世界》，但丁流放写下《神曲》，盲人荷马写下《荷马史诗》，丹麦战乱出了安徒生，淘金冒险出了杰克·伦敦。可见，只有作者个人的强大才能成就作家。当然，我们今天，还没有这样强大的儿童文学作家。不过，上海有几位作家还是值得关注的，譬如殷健灵、陆梅、谢倩霓、马嘉恺等几位，我是看好他们的，他们会慢慢强大起来。

当然，原创儿童文学真正强大起来，对作家来说，必须具备几个条件。

1. 作家要有强大的心胸与视野，包括思想的深刻与睿智。作家首先要有理想、追求，杰出的作家都是思想家，大诗人屈原，就是政治思想家，他追求楚国的美政，楚怀王一会儿用他，一会儿疏离他，他的理想抱负不能得到实现，三次被放逐、流放，他虽然忧郁、悲愤，但没有放弃自己的追求，心胸坦荡如原野，视及天地寰宇，他的才华喷薄而出，写下了《天问》《九歌》《离骚》等千古之作。歌德写作《浮士德》用了60年的时间，这需要多么强大的心胸才耐得住如此漫长的岁月。今天中国恐怕难找到这样的作家。当然他们之所以是屈原，是歌德，自有我们难以达到的心胸。我们可以向他们学习，扩大自己的视野，刚才我说的四位儿童文学作家的视野已比一般作家强一些。殷健灵的《野芒坡》、马嘉恺的《猫的旅店》都

因视野不一般而让读者关注。而绝大多数的作者视野短小、狭隘，只在校园、家庭生活的小圈子里转，因而写不出格局大一点的作品来。

  2. 作家要有强大的生活积累与阅历，包括洞察生活的能力。生活塑造作家。没有大起大落、大喜大悲的生活经历，没有在生死的边缘徘徊过，没有观察生活、洞察生活的能力，也就是说缺乏生活的积累与阅历，要成为优秀的作家是难的。契诃夫因为职业是医生，阅人无数才成为短篇小说之王，海明威因亲身经历了一战、二战才写出《过河入林》《太阳照样升起》，杰克·伦敦因冒险淘金才写出《毒日头》，张贤亮因被打成右派，才写出《绿化树》。今天我们生活在安逸的和平环境里，没有温饱之虑、生死之忧，在这样的境遇下，舒服地活着，磨消了对生活的敏锐。许多专业作家养尊处优，哪里能写出好的东西来。儿童文学作家中妈妈、爸爸写手不少，就因为他生了一个儿子或女儿，就大写特写了，这种单薄的生活体验并不能支撑多久，也不会促使他写出经典的。生活的贫乏、平庸是今天儿童文学创作者亟需走出的困境，然而许多作者还没有意识到，所以出现了许多雷同的人为编织的东西，不仅故事差不多，连语言也差不多。由于脱离生活，对孩子不了解，所以写的都是幼稚之极的装嫩文字。有一次有个孩子问一位当红作者说：你怎么想得这么幼稚呀？其实今天孩子的语言已非我们想象得那么幼稚简单的，譬如，我孙子在吃鲜桂圆，我问这桂圆味道怎样，他随口说：鲜嫩润滑。用词很好。一次，吃晚饭，他在啃小排骨，他爸说：口水都流下来了。他说：狗拿耗子。我问：什么意思？他说：多管闲事。我们的作者还在那里得意、难舍娃娃腔，实在不合时宜。事实上，只要生

活气息浓一点，这样的作者就会很快冒出来，比如王勇英，就因写乡村孩子生活而很快地冒了出来，成了抢手作者。

3. 作家要有强大的独特语言。文学是语言的艺术，好的作家应是语言学家。世界级的经典作家的语言可能影响自己民族的语言，如普希金使俄罗斯语言来了一场革命，还有但丁、莎士比亚都影响了自己民族的语言。中国似乎还没有明显影响民族语言的作家，但是也有语言极富个性的作家，如鲁迅、老舍、钱锺书、沈从文等都是让人读过其作品后一辈子难忘的，这是语言的力量。徐志摩作品并不多，但诗与散文写得好，那首《再别康桥》的首节："轻轻地我走了，正如我轻轻地来；我轻轻地招手，作别西天的云彩。"尾节："悄悄地我走了，正如我悄悄地来，我挥一挥衣袖，不带走一片云彩。"就刻在剑桥大学校园的一块石头上，我在剑桥大学康河上听到撑船的船夫都能吟出这首诗，这是诗的语言魅力，它已超出了国界。今天中国诗歌已堕落为无聊与无奈，怎能流传。儿童文学老一辈作家的语言也都有独特的个性，如叶圣陶、张天翼、叶君健、严文井、陈伯吹、贺宜、洪汛涛、任大霖、郭风等语言功夫都十分了得。眼下，在语言上能让人眼睛一亮的实在少之又少，说实话，我看作品常常是看第一句、第二句，开头两句一瞟，我就决定是看下去，还是不看下去。现在的文学刊物，不论成人还是儿童的，大都看不下去，干巴巴的，都像一个人写的，我台子上堆满了没有拆封的文学杂志。我不知道，我们的文学到哪里去了。儿童小说没有小说的语言特征，仅仅是一个故事，而这些人却被追捧着。儿童诗都是小狗小猫，娃娃顺口溜。童话都是说胡话。好的真情实感的语言实在

太少，这就是现状。我们今天的作者真该学学老一辈作家的语言功力，真该锤炼自己的语言，否则写得再多，也没有多大价值。

4. 作家要有强大的布局谋篇的能力。这个问题表面看是艺术技巧问题，实际上与上面说的作者的心胸、生活、语言是相互关联的。一个作家再有强大的心胸、生活体验与语言能力，而没有高超的布局谋篇能力，也是无济于事的。同样，一个作家虽有高超的艺术构思技能，但缺失高远的目力、丰厚的生活体验，独具特色的语言，也是不会有所作为的，这是相辅相成的关系。看看《红楼梦》，人物众多，关系错综复杂，单单有名有姓的丫环就有120多个，而作者依然写尽了宁荣二府由荣而衰的历程，王国维说：这是悲剧中的悲剧。作者的心胸要有多大，才装得下这么多活灵活现的人物，作者的语言能力要有多么精妙，才能把每个出场人物的服饰、表情、说话的特点写得恰到好处，作者驾驭这种散点式的结构的能力是多么的高超。事实上，文学创作中的布局谋篇能力是作者综合素质是否强大的体现。根据我的创作体会，20世纪80年代我在《文学报》曾写过一版关于小说构思的文章，题目是《我追求那七色光彩》，专门谈到各种布局谋篇的作品个案。后来我写了大量散文，在一篇《散文创作艺术》理论中谈到各种布局谋篇的手段，我提出，用一生的经历写好一篇。我提出，哪怕一篇千字散文，也要文起波澜。我提出，写作需要耐心等待，不是见一点写一点。这些都是与布局谋篇有关。儿童文学出现的平铺直叙的故事太多，看到头就猜到尾的故事常见，都是缺少精心的布局谋篇而造成的。

总之，要使儿童文学原创强大起来，这是我们的一种理想与追求，说

着容易，做起来还是蛮难的，要从每个作者自己做起，只有每个具体的作者渐渐强大了，儿童文学原创才会真正强大起来。

2017年3月18日完稿于徐家汇花园9号702室

用纯洁的心为孩子写作

1921年1月11日文学巨子郭沫若先生在《儿童文学之管见》中说:"纯真的儿童文学家必同时是纯真的诗人","必熟悉儿童心理或赤子之心未失的人"。1943年2月1日又在《本质的文学》中说儿童文学:"总要具有儿童的心和文学的本领的人然后才能胜任。"要具有"天真无邪的心境"。若干年之后的今天,郭老的话依旧是鲜活而管用的。

我们来看看今天的儿童文学的现状吧。表面看来儿童文学空前繁荣,似乎轰轰烈烈,每年出版社出版数以万计的儿童文学图书,杂志刊出数以万计的单篇儿童文学作品,举办各种类型的童书展与声势浩大的儿童文学评奖活动,但是,在这一片热闹之下,真正优秀的儿童文学作品还是罕见的,醒世的、警示的、动人心魄的儿童文学作品是很少见到的。甚至有的标榜百年百部经典的儿童文学其实相当一部分是名不副实的。真正经得住时间考验的儿童文学原创作品依然稀缺,特别是童话创作,一是队伍老化,二是后起顶尖新作家寥若晨星。就拿上海来说,虽然涌现出一批写作儿童小说的实力派好手,但是,专门写童话的随着老一辈陈伯吹、贺宜、洪汛涛、包蕾等童话大家相继离世,任溶溶年事已高,不再写童话,坚持写的只有张秋生、周锐了,而周锐也60大寿了。可以这么说,上海的童话力量已是今不如昔。我想,上海应该为振兴中国童话作出自己应有的努力。儿童文学界也需要反思,不能沉浸在已取得的成绩之中。我们的儿童文学作家应

以陈伯吹先生为榜样,学习他终生用一颗纯洁的心为孩子们写作,我追随陈老多年,在陈老的教诲下,我有四点这样的感受:

一、儿童文学要自信,不能自卑

陈老常说,有些作家不愿意别人称他为儿童文学作家,好像降低了他的身价。陈老说的是事实,可以这么说,许多作家对儿童很不重视,自然也将儿童文学视为小儿科。这种对儿童文学的偏见,其实来自于封建社会落后陈腐的儿童观,因为儿童没有社会地位,儿童文学也随之没有了社会地位。这种陈腐的观念深深伤害了从事儿童文学创作的作家的自信心,甚至使之产生自卑情绪。这种观念直至今日还在发酵。譬如说,某个稍有点名气的成人作家偶尔写了一点所谓的儿童文学作品,其实不过是一些童年回忆而已,一时间儿童文学评论文章都出来追捧其为经典儿童文学作品,儿童文学界也随风而起开座谈会。其实,这是一种自卑心态的表现。就如诗界的自卑一样,一个脑瘫的农妇写了一句:穿过大半个中国去睡你。大家就一窝蜂地去追捧一样。

儿童文学应该自豪、自信地昂首挺胸站着。不朽的安徒生在世界文学殿堂内与任何一位世界级的文学巨星相比毫不逊色。安徒生的早期创作包括诗、剧本、长篇小说,而且他的诗、小说在欧洲已有名气,剧本在欧洲顶级剧院上演。一天,他的朋友大物理学家奥斯忒对安徒生说,如果他的长篇小说能使他出名,那么,他的童话将使他不朽。确实如此,全世界的孩子都能一代又一代地读安徒生,恐怕任何一位文学大师都达不到这样的

境界吧。安徒生的影响已无法衡量。在英语国家里，几乎每个孩子都有过一两本波特写的《彼得兔的故事》和《汤姆小猫》。科洛迪的《木偶奇遇记》在全世界的阅读量仅次于《圣经》和《古兰经》。瑞典"童话祖母"林格伦的《长袜子皮皮》获瑞典文学大奖时，瑞典首相佩尔松在致词中说：《长袜子皮皮》之书的出版带有革命性的意义……皮皮变成了自由人类的代表。实际上皮皮已成为全世界最受欢迎的孩子形象。同样，我们陈老的传世童话《一只想飞的猫》《波罗乔少爷》《阿丽思小姐》《骆驼寻宝记》等也享誉海内外。这使我想起陈老对儿童文学概括地讲过的一句话：儿童文学是为孩子写的大文学。这种大文学，不是一般作家能为的，因为它要创造儿童的世界，需要非凡的想象能力，它的文字是最美的，需要有高超而富有天性的语言能力。这种大文学可以说是人类天性的文学，它的存在是人类的福分。

二、儿童文学要自尊，不能自娱

陈老从来都是把儿童文学当做一个事业来努力工作的。他在1955年出版的《儿童文学简论》前言的开首一句说：我们的儿童文学事业，摆在它面前的任务是重大的、明确的。他把他的一生献给这个事业。眼下，我们有一些写作者不过把儿童文学当作自娱自乐的工具，写一点哄哄孩子的东西玩玩而已，或者搞个小圈子互吹互捧玩玩。这与陈老的思想境界是大相径庭的。陈老的思想是尊重儿童文学事业，这种尊重，实际上是尊重孩子、敬畏孩子，孩子是人，不是小猫小狗，不是宠物，他们有人的尊严，如果

轻视他们，忽视他们，这是一种人性的罪过。陈老身体力行，用他的生命来尽此事业，有一次我陪他去成都讲课，他在火车上一整天都趴在车窗旁的小桌上写个不停，默默无闻，不言不语，专心致志，让人感动。其实，对儿童文学事业的尊重，也是对作家自己的尊重。有一次，我与陈老从新疆乘火车返沪，出站时我看许多人在等出租车，我想，陈老年纪这么大了，又是长途而至很累了，于是我问一个出租车司机能否让陈老先上车，我说，这是陈伯吹先生。那司机马上说：噢，儿童文学作家。立即让陈老先坐上车走了。这件事可见陈老对社会的尊重、对孩子的尊重，换来了社会对他的尊重。

三、儿童文学要自谦，而不能自负

陈老高龄之后，经常由我陪同外出讲课或出席一些会议。他讲课结束时，常会慢言慢语、轻声细语，带有一种幽默而羞涩的温和笑意说：这方面我还做得不够，我要好好学习。有时听到赞许的话，他会把一只手往前轻轻一推，谦逊地连说：不敢当，不敢当。在陈老身边只觉得虚怀若谷，如沐春风，他从不说过头的话。而今天的儿童文学界少有批评，尽是好话连篇，表扬稿，甚至自吹自擂，自我膨胀，目空一切，天下无敌，花好桃好，有人连作品都不看，就写表扬稿的。还有人不知山外青山楼外楼，自诩是中国安徒生的。这是一种自负无知的表现。中国童话我多多少少翻过，就我个人的评价，能称得上是中国安徒生的少之又少。我曾在《中国四十年》中说过，贺宜可算得上是中国的安徒生。安徒生一生共创作童话168篇。

贺宜一生共创作童话 120 余篇，其中 7 部长篇。中篇童话《鸡毛小不点儿》是杰出的童话作品，你看京东书网推荐的童话名著，唯一的就是这本中国童话。还有在纪念陈伯吹诞生 100 周年时，我在锦江学院宝山校区举办了大会，会标写的是"纪念东方安徒生陈伯吹诞生 100 周年"。后来"东方安徒生"就叫开了。陈伯吹先生集教育家、翻译家、出版家、儿童文学家于一身，这是中国文学史上少见的大家。就我阅历而言，现在还没有人能翻过这座高峰。自负的结局，只能是脆弱的吼叫，是不足取的。

四、儿童文学要自珍，不能自利

创作儿童文学到底为什么？这是简单而明了的问题，一句话可以回答，但做起来并不容易。陈老以他的典范行动阐述了他对待名利的态度，他将他一生节省下来的五万多元钱捐赠出来设立了"儿童文学园丁奖"。对于一个文化人来说，当时那是一笔不小的钱，他对我说，这笔钱过去可以买一套洋房，现在买不到了。陈老的平常生活是那般简朴，他穿的一双两节头的旧皮鞋是古董了，只在正规场合才舍得穿，平时他穿一双圆口黑布鞋，白布袜，午晚饭老夫妻一般两菜一汤，我在他家吃过一顿中饭，他们也只给我添了一个菜，小碗小盆，长年累月住在白天都要开灯的底楼房子里，让我感叹不止。想想今天某些作者，在出版商的包装下到处签售，兜售那些粗制滥造的东西，来哄骗家长与孩子。某个准奶奶级的姐姐，自称没有 8 万册的版税就不签合同。某些写手互相攀比作家财富排行榜的位置，并引以为豪自鸣得意，十足唯利是图像个不良书贩。其实，在市场经济大潮中，

目前中国的这帮想钱的写手们，您能与写作《哈利·波特》的罗琳相比吗？她的发行量何止百万册，而是以千万计的。何况罗琳是以她奇异的魔法故事征服全世界，这纯属是一种偶然，并非想着为赚钱才写这部作品的。当我站在英国牛津大学一幢拍摄《哈利·波特》的建筑物前时，我想的是，罗琳是个空前的文学天才。我们那些想钱的写手，还到不了这个级别吧。根据我下海办学多年的经验，越是想钱越是得不到钱，越是不想它越是挡也挡不住地来钱。所以，我劝那些靠写儿童文学得利的写手，乘早离开这个工作。儿童文学是纯洁的，儿童文学属于纯洁的人。在陈老病重期间我去过华东医院看他，他时而清醒，时而昏迷，我见时他正处于清醒状态，只见他皮肤光洁白嫩没有一丝皱纹，我握住他的手，手是软软的、暖暖的，他不能言语，向我笑笑，他夫人说：你很有福气，他还认识你。我仿佛看到一个天真无邪的孩子在躺着，他没有遗憾，没有牵挂，没有悲苦，他就像一个快乐的天使，带着一只想飞的猫走向天堂。

  最后，我想还是用郭老《儿童文学之管见》中的一句话做结束语：儿童文学当具有秋空霁月一样的澄明，然而决不像一张白纸。儿童文学当具有晶球宝玉一样的莹澈，然而决不像一片玻璃。

2015 年 3 月 24 日下午完稿于坤阳国际墨海居

中国创世神话童书：新说山海经
—— 在意大利博洛尼亚书展上的演讲

各位先生、各位女士：

大家好！

我来自中国上海。我是中国上海华东师范大学教授张锦江。

请允许我在这静美的博洛尼亚意大利国际童书展上，介绍中国创世神话《新说山海经》的编写与创作。下面我开始介绍。

一、为什么创作出版中国创世神话童书《新说山海经》

中国创世神话童书《新说山海经》是由中国上海华东师范大学出版社出版，由华东师范大学教授张锦江主创与主编的一套丛书。全书12卷，包括《奇兽卷》《英雄卷》《创世卷》《趣禽卷》《古国卷》《山神卷》《妖精卷》《女神卷》《神山卷》《异水卷》《草木卷》《古俗卷》，每卷10万字。全书共120万字。这是一部给中国少年儿童以及全世界各国少年儿童看的中国神话小说大书。

中国创世神话童书《新说山海经》，书中一篇篇中国古老的故事，描述了中国远古土地上最初的想象与智慧。书中一页页奇幻的传说，传递着中国远古历史中朴素的美德与情怀，再现了中国远古英雄的传奇事迹，书写了中国慷慨激昂的民族精魂，展示了中国远古的山川河流、趣禽怪兽、

奇花异草、金石矿物、异国部落、民风民俗、神仙巫术、妖魔鬼怪，是一幅浩大而瑰丽的中国千古画卷。

中国创世神话童书《新说山海经》的创作灵感来源于中国 2000 多年前的一部古老的奇书《山海经》。这部古书被称为中国的神怪大全，也是中国古神话之源，又是中国古文化之源。全书 31000 千字。共 18 卷，分为两部分，其中《五藏山经》有 5 卷，《海经》有 13 卷。作者待考证。有一种传说，是中国远古的治水英雄大禹在治水过程中一路走来，记载下来的各种毒虫怪兽、妖神鬼精、古国民俗、山川河流，并用青铜铸造了九只千斤重的大鼎，上面铸出记载的《山海图》《九鼎图》。这是中国最早的《山海图》。是《山海经》的古老母本。也就是说，最原始的《山海经》是大禹写的。大禹后来成了中国夏王朝开国第一代君王。

《山海经》这部神话奇书是中国文化的起源，它对中国文化的发展产生了深远的影响。

"中华诗祖"屈原是中国历史上第一位伟大的诗人。他的伟大的诗作《离骚》《九歌》《九章》《天问》等是中国文化的瑰宝。屈原的诗作都出自《山海经》。其中《天问》是中国文学史上第一部长篇史诗。全诗 95 节，今存 376 句，有 170 余天问。这首史诗中的神话人物与故事最多，全部来自《山海经》。屈原因他那瑰丽无比、想象神奇的诗作而获得世界各国人民的尊崇。1953 年是屈原逝世 2230 周年，世界和平理事会通过决议，确定屈原为当年纪念的四大世界文化名人，另三位是波兰的天文学家哥白尼、法国的人文主义作家拉伯雷、古巴诗人何塞·马蒂。

中国古典小说四大名著中《红楼梦》《西游记》都是受《山海经》的影响而创作的。特别是《西游记》的一些主要人物都是由《山海经》中的神话人物演变而来。孙悟空是一个神猴，有七十二变，二郎神杨戬有七十二变，猪八戒有三十六变，牛魔王有三十六变，都始于《山海经》中的创世圣母女娲"一日中七十变"。神猴孙悟空就是《山海经》中猴形水怪变化而来的形象。《西游记》的八臂哪吒就是《山海经》中三身六臂人。

正是因为中国远古《山海经》奇书对中国文化的深远影响，为了使少年儿童能了解中国文化渊源的博大精深，所以，才以《山海经》古书为原创材料，进行精心创作出更形象、更动人、更精彩的中国创世神话童书《新说山海经》。

二、中国创世神话童书《新说山海经》与希腊神话比较

现在我们把中国创世神话童书《新说山海经》与希腊神话放在一起做个比较。

先说中国创世神话童书《新说山海经》与希腊神话的来源比较。

中国创世神话童书《新说山海经》来源于中国2000多年前的中国神话古典名著《山海经》。大约在公元前770年至公元前476年间。

希腊神话来源于公元前750年至650年间的盲人诗人荷马的史诗《伊利亚特》和《奥德赛》，以及吟唱诗人赫西俄德的《神谱》。

中国创世神话童书《新说山海经》与希腊神话的"混沌"主题比较。

"混沌"是中国神话中一个模糊神的形象，代表天地未开的混浊、困

惑、淳朴。《新说山海经》中《混沌初生的故事》，就是根据《山海经》中混沌神帝江写的。这个混沌神的形象是没有头、没有面目，只有六只脚、四个翅翼，浑身颜色是火红的，但能歌舞。它是天地融合为一体、一切混乱无形的具象。

希腊神话认为，混沌是天和地，是无边无际的黑暗，尼克斯神在这个黑暗中生下了一只蛋。

中国创世神话童书《新说山海经》与希腊神话的宇宙起源比较。

中国的创世神是盘古。在《新说山海经》的《创世圣母女娲》故事中写到了盘古用一把大斧劈开了天地合一的黑暗宇宙世界，然后用双手托举天空，身体不断增长，用了18000年把天地分开。盘古耗尽力气，终于倒下，他的身体变成了原野，手脚化成山脉，血液孕成江河湖海，牙齿骨骼化作宝石矿藏，汗毛变成森林，呼气吸气变成了春风雨露，眼睛变成了太阳和月亮，胡须变成了星星。

希腊神话中尼克斯神在黑暗中生的这只蛋，蛋中有一个爱神叫厄洛斯，他在蛋中苏醒了，他创造了大地神盖亚和天空神乌拉诺斯，这样宇宙有了天与地还有了花鸟鱼虫。

中国创世神话童书《新说山海经》与希腊神话的人类起源比较。

中国最著名的女神是女娲。她是中国的人类之母。《新说山海经》的《创世圣母女娲》故事中讲她做了两件惊天动地的大事。一件是由于大神黄帝派火神祝融追击水神共工，共工一怒之下用头撞断了擎天柱不周山，天塌了一个大窟窿，火灾、洪水泛滥、凶兽食人，女娲炼制五彩石补天，用一只巨龟四足支撑天空，使人类灾难消除。另一件是女娲用泥土造人，是她创造了人类。

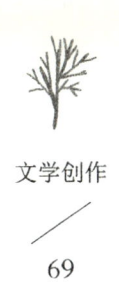

在希腊神话中普罗米修斯是造出人类的神。普罗米修斯用河水把泥土弄湿，按照世界的主体天神的形象揉捏成一个形体。为了让这泥做的人获得生命，又从各种动物的心里取出善和恶的特性，再把善和恶封在人胸中，智慧女神雅典娜又把灵魂吹进了泥人心里。人就造成了。普罗米修斯还从太阳车上盗取了天火，使人类有了火种，结果受到了众神之神宙斯的惩罚，遭到鹰食其肝脏之苦。后人马解救了他。

中国创世神话童书《新说山海经》与希腊神话的创世主神比较。

《新说山海经》中，《后羿》的故事中讲到中国神话中主神居住的地方是中国的昆仑山。昆仑山是众神聚集的地方，山顶有一棵大树似的稻谷，有一口九眼井。有一只九头老虎守着。在《禹》等故事中又讲到主神是"五方神"，又称"五方天帝"即是东南西北中天神。第一位众神之主神，是中央大神黄帝，然后是东方青帝盘古，南方赤帝是炎帝，北方黑帝是颛顼，西方白帝是少昊。除了这五位大神大帝，还有海神、火神、灶神、蚕神、美神、日母神、月母神、歌舞之神、战神等等。

在希腊神话中，十二主神聚居在奥林匹斯山。这十二位神是众神之神宙斯、生育神赫拉、海神波塞冬、智慧女神雅典娜、爱与美女神阿芙洛狄忒、音乐之神阿波罗、战神阿瑞斯、狩猎女神阿尔特密斯、火神赫准斯托斯、灶神赫斯提亚、信使之神赫尔墨斯和丰收女神德墨忒尔。

综上所述，中国创世神话童书《新说山海经》与希腊神话有许多相同、相似之处，同样内容丰富、多姿多彩。

三、中国创世神话童书《新说山海经》的神奇征服了小读者

中国创世神话童书《新说山海经》在中国出版后受到了广大小读者热追。许多图书馆、艺术宫、学校、社区邀请这套丛书主创、主编张锦江教授去做关于《山海经》的演讲与报告。在中国上海国际童书展上,这套书被新闻媒体称为最有价值的童书之一。在 2017 年被评为"上海好童书"和入围 2017 桂冠童书(获奖证书照)。华东师范大学出版社 60 年社庆被列为经典作品。

中国创世神话童书《新说山海经》出版后为什么会受到读者欢迎呢?

1.《新说山海经》的神话故事情节生动、奇特、有趣味而且有教益,给读者以勇气、智慧、幻想与高贵品德,读者在书中读到十大创世神、十大奇兽、十大英雄、十大趣禽、十大古国、十大山神等等,带来无与伦比的阅读愉悦与享受。

2.《新说山海经》的神话故事全面、系统、形象地阐释了中国神话古书《山海经》的精华与思想,并创造性地写出一百二十个精彩的神话故事,是中国出版界第一次集中展示中国神话的博大丰厚,对读者而言是中国文化的一次大视野阅读。

3.《新说山海经》的神话故事,不仅适合广大小读者阅读,而且也适合中青年和老年读者阅读,这套书的阅读受众面很广,为这套书带来了更多的发行空间。

最后,谢谢各位先生、女士听我介绍中国创世神话童书《新说山海经》。

2018 年 3 月 5 日下午完稿于坤阳墨海居

从《童话美学》谈沪港童话创作

一、《童话美学》的创新概说

《童话美学》是一本试图从美学角度探索"童话秘密"的理论著作。这本著作最早的框架始于1992年,写作完稿的过程很长,前前后后用了20余年。我总觉得,写作任何一部著作都需要一种静心与等待,这种等待是学识的积累与阅世的历练,这种等待有时是几年,有时是几十年。就如夏蝉一般,幼虫在黑夜的泥地下等待八年之久,才有一夏的蝉鸣。也可以这么说,没有这20余年的等待是写不出这部《童话美学》的,单单书中《欧美童话美学考察》一章,须游学欧美七国实地考察,而不是在书斋里查资料所能得到的,那该有多少岁月才能有所为。

《童话美学》一书的选题、视角、谋篇、叙述的探索是多方面的,这里只能作一个简单的提示。

其一,创见性地勾勒了"中国现代童话美学思想史略"。对中国现代童话美学思想的初期、演进、深化各过程中具有代表性的童话美学观作了深入分析,特别是"民族精神美的大发扬"一节推翻了"抗战童话无文学"的说论,受到学术界的一致肯定。

其二,探究了童话的创造过程。对童话与儿童审美心理、儿童审美情趣、儿童审美注意作了细致而新颖的论述,提出了"童话作家直觉力"的新论说,揭示了"童话作家直觉力"与儿童审美的个性关系。

其三，以全新的视角对"童话艺术美"作了深层次的思考与论述。譬如，把童话与戏曲、小说的变形艺术放在一起比较，追寻它们在美学内涵的差异；又如，将童话魔幻与魔幻小说所创造的"童话世界"与"魔幻世界"的美学意义作对照分析；又如，对童话讽刺的真实性作了新的论解；再如，对童话的象征构成、类型与意义都有许多新的提法，如对色彩象征与运用的新颖阐述，并对荒诞与怪诞美学本质作了比较，提出了童话荒诞艺术的三个层次的说法。

其四，在《现代童话与现代人》一章中，提出了"开放心态与锁形心态冲突论""童话核的裂变""微波幻想说"等新的理论。

其五，《低幼童话美学初探》一章，具有开拓性的意义，此章比较系统地论述了低幼童话的审美对象、低幼童话人物的稚气美、低幼童话语言的形象美、低幼童话的游戏美、低幼童话意境的诗韵美。

其六，《欧美童话美学考察》一章，以散文的笔调，论述了游学欧美七国，对丹麦的美人鱼、挪威的山妖与树精、瑞典的长袜子皮皮、英国的彼得兔、法国的尼斯兔、意大利的木偶匹诺曹、美国的绿野仙踪等世界经典童话作了实地考察之后的感受与思考。力图寻求这些经典作品的创作源头，使这些经典童话各具特色的美学价值与美学意义更具体化、更感性化、更真实化，为美学理论研究开辟了一条新路。

二、沪港童话的讽刺与象征艺术

沪港两地的童话创作都曾有过傲人的作家与作品，其中香港的黄庆云

大姐、周蜜蜜、孙爱玲、何紫、严吴婵霞、东瑞等都写出了一些优秀童话，上海是童话重镇，有过陈伯吹、贺宜、洪汛涛、包蕾、任溶溶等童话大家，后起的有张秋生、周锐、彭懿等，都写过一些出色的童话作品，这些年沪上随着陈老、贺宜、洪汛涛、包蕾相继离世，任溶溶年事已高不再写作童话，张秋生也已是古稀之年，周锐年届六十，彭懿改写幻想小说，而年轻的专事童话创作并有出色成绩的几乎没有，现在可以说"上海童话创作今不如昔"了。我一直担忧的童话创作后继无人的局面终于出现了。所以，上海市儿童文学研究推广学会提出了"振兴上海童话"的口号。最近，上海新闻出版局批准了我们的内刊《儿童文学研究与推广》，我们办刊的目的主要是推出童话原创作品，当然，也有以往的经典童话的赏析与教学童话分析。

现在我想以《童话美学》理论为基点，仅从童话的讽刺与象征艺术出发来解析沪港两地部分童话作家的作品魅力或美质。《童话美学》中指出，童话讽刺具有三性，即喜剧性、真实性、含蓄性。单就童话讽刺的喜剧性的内涵分寸而言，就有强弱、明暗、主次、轻重之分，童话讽刺的对象的喜剧性也有区别。其一，对于某些小缺陷的轻轻的讽刺，讽刺寓在温厚和悦、轻松含笑之中，如轻喜剧一般，如香港作家东瑞的《瓷猪与胶猪》，这篇短童话讲的是两只小猪玩具，一只是瓷的，一只是胶的。如果用一个小铁匙插进胶猪肚皮上的一个小孔转几转，胶猪就能一跳一跳的，并且发出"哼咻哼咻"的声音。而瓷猪不能，它只有一条缝孔，这条缝孔只能放孩子的零用钱。胶猪因能跳能发出声音这点本领而受到宠爱、受到关注，便时不时得意地嘲讽瓷猪，瓷猪孤寂地待在玻璃柜里，而且身子越来越沉，

放的钱币越来越多，它动弹不得，很是伤心。日子一天天过着，一天孩子将两只玩具猪放在手里玩不小心跌落到地上，两只小猪都碎成了几瓣，胶猪肚内露出了生锈的发条，瓷猪肚内洒出了一地钱。胶猪从此不能跳叫了，瓷猪的钱却派上了用场。这是一个小小的讽刺，轻松温和地批评了因一点长处就嘲笑别人的现象。这种轻喜剧式的讽刺，是有益而善意的提醒，读者会一笑了之，如轻风拂面，不至于伤害。上海作家包蕾先生写过一篇《三个和尚》，这是根据民间谚语"一个和尚挑水吃、两个和尚抬水吃、三个和尚没水吃"改编的。故事大家应该都知道，这是讽刺自私自利而造成的麻烦，也是一种笑话式的批评，后来，美影厂拍成的同名动画片在国际上获了银质奖。可见，这种民族风格的童话讽刺艺术是能够走向世界的。包蕾还有一篇享有盛誉的童话《猪八戒吃西瓜》，作者借《西游记》这个家喻户晓的人物，重新写成一篇童话，写猪八戒好吃又控制不住自己的故事，其实猪八戒是个幼童的形象，可爱而滑稽，这种批评与提醒不过是轻如鹅毛式的。

其二，对于社会严重的陋习、歪风邪气的尖锐批评。我读到香港作家孙爱玲的一组童话《人类与衣服》《地契与护照》《试管昆虫》《狗与语言》《人类与蚂蚁》，这一组童话每篇都不足千字，但写得极其精彩。作者的想法是那般类似，用作品讽刺了人类的种种劣行，因为人类的自私，对大自然的破坏，战争的灾难，对生命的无视，遭到了动物界、昆虫界的愤怒与谴责。《人类与衣服》中是孔雀、老虎与狮子的对话，讨论人类喜欢脱光裸体还是喜欢穿衣服，孔雀认为人类裸体难看，使人想到猪，猪比人还

好看些，猪背向天脚朝地，把难看的器官遮住了。就算人类恢复四肢爬行，背后光秃秃的，还是难看。除非像猴子背上长毛。老虎觉得对人类挺了解，便提出一个问题：假若有一个什么天神，命令人类不准穿衣服，人类会快活吗？狮子说：人类可快活了。老虎反对说：人类会痛苦地哭泣没衣服穿，然后想办法补偿，剥我们的皮往身上披，野兽要遭殃了。孔雀说：人类有空调暖气，不披兽皮。老虎提醒说：人类奢求，说不定不再穿兽皮，改穿羽衣了。孔雀慌了：那么我们鸟类不就完了吗？讨论的结果：人类不会放弃穿衣服。因为人类是纠缠不清的怪物。这是动物对人类肆意残杀生灵的控诉，讽刺人类的丑行入木三分。另外《地契与护照》是写两个昆虫的议论，它们议论了两个问题：一个是人类用一张叫"地契"的纸霸占土地。人类为土地寸土必争，自相残杀，打仗，打官司，六亲不认。人类从没想过自然界除了人类之外还有其他生物。另一个是人类用一种叫"护照"的证件限制边界自由来往，连动物也不能随便入境。这是人类自己捆绑自己。《试管昆虫》是两个昆虫思想家讨论昆虫在人类社会中怎样不被灭绝，进行试管昆虫繁殖的构想。另一篇《人类与蚂蚁》写小蚂蚁与大蚂蚁讨论人类的残暴，蚂蚁每分钟都有危险，随时会死在人类手里。唯一对人类的反抗就是继续繁衍，"这一下灭了一群，过了一阵又出现一大群"，"他们对蚂蚁一点办法也没有"。这些动物、昆虫的对话与议论都有喜剧色彩。

其三，对于丑类、妖类、怪类的恶人恶事以及罪孽的无情揭露与愤怒谴责，如雷鸣和闪电般的讽刺，这类讽刺的对象，通常是腐朽的事物，或是众人之敌。讽刺的幅度大开大合，笔墨浓腥，力透纸背，一剑封喉。

上海童话大家贺宜先生的早期童话《蛟先生和他的联盟者》，写作背景是"九一八"事变，这个特定年代下的政治讽刺童话，抨击了帝国主义集团制造"侵略合法性"的所谓"国际联盟"，实际是一群互相吞食的爬行动物的结盟，结果蜥蜴吞食了壁虎，四脚蛇吞食了蜥蜴，穿山甲吞食了四脚蛇，鳄鱼吞食了穿山甲，最后鳄鱼与蛟都想吞食对方，大打出手，鳄鱼跑了，剩下蛟孤单一个。这吃来吃去岂不好玩有趣之极，好笑死了，玩闹之中把个帝国主义的动物性的"鬼脸儿"彻底撕破了。另一位童话大家陈伯吹先生写过一篇有名的中篇童话《波罗乔少爷》，用辛辣的笔触讽刺一个叫波罗乔少爷的如何懒惰、肮脏、自私、凶残。这也是一篇带有强烈政治色彩的童话，因为人物形象写得生动，"形象大于概念"，至今仍然有它的生命力。陈伯吹先生用他特有的讽刺作品，阐述他对童话讽刺的主张，"就在它嘲笑讽刺懒汉、傻瓜、恶棍的时候，读者也会觉得好笑不止，在笑声中，从心底深处涌起厌憎的情绪"。

其四，非讽刺性的童话中夹带着讽刺的情节。如上海另一位童话大家洪汛涛的代表作《神笔马良》可算是正剧，但其中也包含了对贪心皇帝的讽刺成分，只是它占的比例较少而已。

《童话美学》中谈到，童话讽刺的真实性应有它特殊的要求，即具备三真：真义、真情、真相。简单地说，所谓"真义"就是讲真话，讲真道理，或者说领悟生活的真谛以及真理般的理想。而"真情"就是在嬉笑怒骂之中，动真情、真性、真哭、真笑、真骂。至于"真相"，在于画出人间种种众生"世相"，勾画出幅幅"讽世"之图。上面举的沪港童话作家作品皆涵盖了这三个要求，

不再作具体分析。

《童话美学》认为，童话作品不应局限于讽刺艺术范畴，还应有其他艺术表现形式。不管怎么说，童话创造的"童话世界"，就美学表层理解就是"荒诞世界"。而荒诞构成却有三个层次：第一层次的童话荒诞是超现实、非理性的异化形态。譬如，鸟能言、兽能语的荒诞；又如妖魔鬼怪类童话，人与妖同在，人与魔同语，人与鬼同存，人与怪同道等荒谬妄语；再如咒语、魔法、神器类童话，咒语应验、魔法显灵、神器变幻荒诞不经，还有虽为常人，做的事，说的话变形、夸张，不合常情，不合常态，荒唐不可思议等等。第二层次的童话荒诞既有超现实性、非理性的特点，又包含着理性的成分。做到荒诞有稽，既有违反现实事物规定特性的一面，又有违反现实事物规定特性的"合理性"，而且具有将"非逻辑"与"有逻辑"两者矛盾统一在一起的特征。第三层次的童话荒诞必须具有象征性。这是造就童话荒诞世界的根本用意之处。我们现实创作中，不少作家、作者还仅仅滞留在第一层次，或者第二层次，达到第三层次的优秀作家是少数的。

我们以香港作家黄庆云为例，她的作品都达到了最好的境界。随举一例，她有一篇童话《朱先生的宠物》，写的是一位朱先生觉得养的宠物要与他有共通之点，他先是养了一只猫，猫爱睡觉，他也爱睡觉，就养猫，哪知一天半夜一觉醒来，看到一双蓝荧荧的眼睛，以为是来了深山黑豹，吓得他满头大汗，天亮时，又看到一只血淋淋的死老鼠在床前，朱先生吓得不敢养猫了，把猫退回宠物店。又养了两条金鱼，金鱼也爱睡觉，不过是睁眼睡的，像他，肚子圆圆的，也像他。养着养着，他的大侄子说的一

句话让他不开心了,说是金鱼不知饱饿,只顾一时口腹之欲。这使他吃饭都没了胃口。他把金鱼送给了侄子,不养了。后来养了一只小猪,小猪好养,吃了睡,睡了吃,还有点胖有点笨,像他,小猪白天睡、晚上睡、无时不睡,呼噜呼噜的声音分不清是小猪还是朱先生,朱先生越发喜欢小猪。不久,小猪长成了大肥猪,大肥猪除了吃睡,还爱抓痒,从花园到大门再到汽车前后轮都是它抓痒的工具,朱先生一时高兴,就把大肥猪放进了前厅,不料,猪打碎了一盏贵重的灯,他一怒之下把猪送给了农场的朋友。想不到,猪因怀念朱先生逃了出来,走一百米就瘦二两肉,走了两个星期身上的肥肉没了,朱先生因怀念猪也变得清瘦了。最后瘦猪与瘦朱先生重逢,从此他们永远在一起过着幸福的日子。这个童话故事属整体象征,是由童话人物的所有遭遇并在一起构建的,猪、金鱼、小猪不能作为单独象征存在,必须作为完整体,才可见到它们象征着人的心境,朱先生寻求的就是一种自感幸福的心境,人活着,顺心就快乐。这个象征就是人生自得其乐的哲理。

再说一篇香港作家严吴婵霞的童话《奇异的种子》,说的是一户人家老是吵架,往往为一点小事就吵得翻天覆地。有一天有一个老太婆送了他们一粒种子,并说,种子种下后每天对它说好话,唱好听的歌,种子就会发芽长大开花,你们一家就会得到全世界最宝贵的东西。从此,一家人一早起来就对种子说好听的话,唱好听的歌,结果种子发芽长大开了花。这时,这家人发现他们不再吵架而和睦相处了,他们得到了世界上最宝贵的东西:家人的爱。这篇童话是比喻性的象征,这粒种子是比喻物又是象征体,是个"和"字的化身,中国古文化的"和"字是中国传统三气正气、清气、

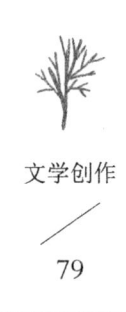

和气之一。倘若人心中埋下"和"的种子，就会产生仁爱之心，宽容之度。

　　再说一下童话的传统象征。每个民族都有自己的传统象征物，这些象征物折射了这个民族的审美观、审美趣味、审美理想、审美习俗。譬如，洪汛涛写过一篇《灯花》，取材于中国民间的风俗习惯：正月十五闹花灯。这是一幅象征喜庆的民俗图。作者的高超之处就在于在喜庆的童话世界里，出现了一个由油灯变幻而成的灯花姑娘，不畏强暴，帮助彩灯匠祖孙以及穷人打败财主儿子"懒瓜"和官兵。灯花姑娘是美的象征，美与善战胜了丑与恶。洪汛涛另一篇《夹竹桃》有异曲同工之妙，创作的缘由来自于中国民间流传的"岁寒三友"：松、竹、梅。"岁寒三友"在中国民间象征着吉祥与坚贞。童话的象征艺术千变万化，还有普遍象征、个体象征、意象象征、色彩象征等等，不再举例分析。

　　总之，港沪的童话作家作品给读者带来了美的想象与美的享受。

2015年4月14日草于坤阳国际墨海居

文学评论

儿童文学的高度

今天的儿童文学总体来讲,十分热闹,但不精彩。其原创作品还处于较低水平线。关键点是缺乏高远的胸怀,视野狭窄;语言艺术的运用无个性、无韵味、无光色;构思谋篇随意性太强,许多作品还不是艺术品,更谈不上艺术精品。

更多的作者根本不读文学、美学、心理学、社会学的经典理论著作,以致陷入理论的盲区,连通常的理论概念都缺乏,创作上更缺乏理性的追求,以致创作始终在原地踏足、徘徊,只好不停地重复自己。

真正的儿童文学是一种艺术品,它的美学品味有相当的高度。

我就儿童文学的高度,说说以下几点看法:

一、对三个界标的仰望

在儿童文学这个艺术领域中,就世界范围来说,丹麦的安徒生是第一界标。安徒生在长达四十四年的创作周期中,不仅创作了著名的长篇幻想游记《阿马格岛漫游记》,还有在皇家歌剧院上演的喜剧《在尼古拉耶夫塔上的爱情》以及获得国际声誉的长篇小说《即兴诗人》。他是诗人,更重要的,他是世界文学童话的创造人,是世界级的童话巨人,他共写了168篇童话,留下一大批经典代表作,如《拇指姑娘》《海的女儿》《丑小鸭》《白雪公主》《卖火柴的小女孩》《豌豆上的公主》等等,被翻译成了150

多种语言。他的作品几乎遍及全世界。可以这么说，世上任何一个作家都不可能有安徒生影响的广度与深度。今年六月我去北欧到过丹麦，我在哥本哈根市政厅旁边面对着蒂沃里公园的路角，见到了一座安徒生铜像，他穿一身过膝的长大的西装，打着领带，戴着高耸的礼帽，头微微抬起，左手拿着拐杖，右手握着一本书，并以食指隔开书页。这是一尊高达三米的铜像。大街上人来人往，铜像四周挤满了拍照的人。他的膝盖、书、拐杖都被不计其数的手摸得锃亮，可见人们多么崇敬他。我又在哥本哈根的入海口处，见到了美人鱼铜像，美人鱼一脸悲苦。这是《海的女儿》的主角，这是一则凄美无限的童话，我读过多次，我终于有了机会与小人鱼合影。拍照的人争先恐后，那场景让人难忘。安徒生铜像、小人鱼铜像的缩小版纪念品在丹麦随处可见，它们已成为这个国家的象征，已成为这个民族的骄傲。

安徒生的创作对世界许多作家产生影响。2013年诺贝尔文学奖的得主加拿大女作家门罗，在题为《爱丽丝·门罗：在她自己的文字里》的讲演稿中说，自己最初开始尝试写作，是因为受到安徒生童话《海的女儿》的影响。我国现代文学史上有一定影响的作家，也是从推广与学习安徒生的童话起步的，其中有茅盾、郑振铎、周作人、赵景琛等作家。郑振铎在1925年《小说月报》八、九两期《安徒生号》的卷头语中写道："安徒生是世界最伟大的童话作家。他的伟大就在于以他的童心与诗才开辟一个童话的天地，给文学以一个新的式样与新的珠宝。"茅盾在1924年1月《小说月报》第十五卷第一号上，发表了《最近的儿童文学》，文中说："总而言之，现代似乎没有产生像安徒生那样伟大的儿童文学作家，这是无可

讳言的。"可以这么说，中国现代儿童文学起始于对安徒生童话的推广与学习。

第二个界标是鲁迅先生。鲁迅先生没有创作过儿童文学，但，他自1921年1月至1928年1月七八年之间翻译过大量的儿童文学，如《俄罗斯童话》《果戈理童话》《爱罗先珂童话集》《表》《小彼得》《小约翰》等等。他所译的作品都写有序言、小引等文字，这些文字多多少少反映了鲁迅早期有关儿童文学的美学思想。鲁迅主张儿童文学，特别是童话是"无韵诗"。他将童话的真实美的奥秘归结为"童心的""美的""真实性的梦"。这个对童话艺术美的科学剖析是极其珍贵的，至今仍有它的指导意义。鲁迅还写过一些小说、诗、散文，虽然总体来看是给成人读的作品，但，这些作品中记叙了儿童生活，描写了儿童形象，不乏儿童世界的乐趣与旧时代儿童的苦难，特别是《故乡》《社戏》可视为我国现代儿童文学的杰作。此外《风筝》《从百草园到三味书屋》《波儿》《怀旧》《我的父亲》《我的兄弟》《兔和猫》《鸭的喜剧》等都是写被扭曲的儿童天性的散文精品。当然，鲁迅的伟大之处还是他的先觉的儿童观。他在《随感录(二十五)》中提出了儿童是"'人'的萌芽"的说法。接着又在《我们现在怎样做父亲》中指出"儿童的世界与成人截然不同"，他觉得孩子应是"一个独立的人"。鲁迅还有若干杂文论述了这个观点，这些进步的儿童观至今仍然闪烁着生命之光。我这里不再详论。

第三个界标是陈伯吹先生。关于陈伯吹的研究已有许多专著。我与陈伯吹先生交往近30年，得益于他的谆谆教诲与深切关怀，我与他一起同住一

室，曾由东北到西南以至新疆去讲学、游览、开会，他为我写过书序、职称评定书、加入中国作协推荐书，送给我所有的他的新版书签名本，我也为他写过评论。我与他交往甚深，对他的成就也相当了解。2006年6月19日，由我创办的上海锦江经济文化学院发起，与中国儿童文学研究会、上海《文学报》等单位联合举办的《纪念东方安徒生——陈伯吹先生百年诞辰》，"东方安徒生"的称号就是这次会上提出的，这不是一个虚的称号。我们不妨看看陈伯吹杰出的文学成就。其一是他的儿童文学理论，最早可追溯到1932年出版的《儿童故事研究》，建国后他出版了《儿童文学简论》《作家与儿童文学》《漫谈儿童电影戏剧与教育》《在学习苏联儿童文学的道路上》等。其中影响最大的是他的"童心论"，这是第一次从儿童审美本位来论述儿童文学创作。另外，《儿童文学简论》中有比较系统的关于童话艺术的科学论述：《论"童话"》《谈"新童话"》《谈童话创作的继承与创新》《谈童话作品的特色》《谈童话创作的艺术手法——拟人法》《谈童话与小学语文教学》。这对童话理论研究具有开创性的价值。其二，他是一个出色的儿童文学翻译家，他最早的翻译作品是1944年中华书局出版的英国吉卜林童话《神童伏象记》，之后又翻译了《普希金童话诗》《渔夫和金鱼》《绿野仙踪》《小夏蒂》《黑箭》等20余种世界名著。其三，他是一个忠诚的教育家。17岁他就担任乡村罗店一所小学的教师，后来，曾先后担任上海幼稚师范学校教师，上海圣约翰大学、大夏大学、北京师大、复旦大学、华东师大教授。其四，他是一个勤勉的出版家。他从1930年起就主编《小学生》半月刊，编辑《小朋友丛书》，出任儿童书局编辑部主任。1943年任中华书局

编审，主编《小朋友》。1947年任《大公报》副刊《现代儿童》主编。建国后任上海少儿社副社长。其中，在人民教育出版社也有短暂任职。其五他是著名的儿童文学作家。他的作品涉及童话、小说、诗歌、散文、杂文、剧本等多种文学样式，童话创作影响最大，其中《一只想飞的猫》《骆驼寻宝记》《波罗乔少爷》《阿丽思小姐》等都是童话传世之作。在我国像陈伯吹先生这样，集翻译家、理论家、出版家、教育家、儿童文学作家于一身的是绝无仅有。所以，他是名副其实的中国儿童文学的一代宗师、"东方安徒生"。

二、儿童文学的精神所在

俗话说：人要有一点精气神儿。我曾说过：儿童文学是儿童人学。我还写过一篇评论《孩子是人》。我交往很深，非常崇敬的一位文化老人贾植芳先生给我写过一幅条幅，上写：把人字写好。那么，儿童文学应该就是写人字的文学。就是写人的精气神儿的文学。

首先我想到的是民族精气神儿。我们这个民族有过辉煌、有过灾难、有过沉沦、有过雄起。具有民族优良的传统风范，也有民族脆弱的一面。鲁迅用锋利的解剖刀剖识了自己也剖识了我们的民族，呐喊出"救救孩子"的声音，并指出使孩子"将来成一个完全的人"，这个完全的人就应该做到"横眉冷对千夫指，俯首甘为孺子牛"。这是一种其大有容的凛然气概与博大胸怀。他告诫人们，绝不能成为"自欺欺人"阿Q精神胜利法的后代。我曾在1981年10月22日《文学报》创刊六个月之后，写过一篇评论文章，题为《给孩子们以"民族魂"教育》。我在文章中写道：今天，当我们号

召青少年朋友们学习鲁迅精神的时候，希望作家们多写些普及鲁迅的读物来，给他们以"民族魂"的教育，激励青少年一代为振兴中华而奋发图强。试想一下，中国自古至今称得上"民族魂"的作家，恐怕也唯有鲁迅了。同样，安徒生是丹麦的"民族魂"；我在意大利的佛罗伦萨参观了《神曲》作者但丁故居，但丁的巨著影响了一个民族的语言，但丁是意大利的"民族魂"；我在穿越巴黎凯旋门时，感受到百万巴黎人为大文豪雨果送葬的悲壮，雨果是法国的"民族魂"；我在英国的一个小镇参观了莎士比亚出生地，后又去了温莎城堡，想起莎翁写的《温莎城堡的娘儿们》，在威尼斯水城，看到《威尼斯商人》中的白桥与化装舞会各式面具，在丹麦的一个城堡看到莎士比亚的浮雕像，才知道《王子复仇记》中城堡的原型原来是英国商船带给他的讯息，如此亲近莎翁之后，觉得莎翁是英国当之无愧的"民族魂"。

雨果在海滨小镇沃勒招待贫穷孩子的午餐会上讲了这样一些话，他对孩子们说，你们"是否想永远不要不幸？如果是这样，只需要做到两件事，两件最简单的事：有爱心，要劳动。"他稍作具体地说明了何谓"有爱心，要劳动"，他说："要热爱你们身边的人，今天你们好好爱你们的父母，以后将学会爱你们的祖国，爱法兰西，这是大家的母亲。以后，要劳动。现在你们要学习掌握本领，学会做人，你们好好学习了，让老师满意了，就不会再淘气，就不会再一心想着玩。学习吧，你们会感到心满意足的。"

我讲一件我感动的事，平时，我经常将雨果的话讲给小孙子听，他才五岁，很爱劳动，在家里扫地、擦台子、端饭菜，抢着干家务活，有一次他奶奶腰病犯了躺在床上，他从幼儿园回来看见了，就给奶奶倒茶、揉腰，又说：

一个人很寂寞，是不幸福的，我陪你。他是非常喜欢动的男孩，他安静地坐在奶奶旁边，连电视也不看，专心做一个玩具想让奶奶开心。这件事使我想到，一种良好的精神引导对孩子来说太重要了。

我们在儿童文学中传达民族精气神儿，就目前的创作现状来说，显然不够。许多作品仅仅是装模作样的一点儿童情趣罢了，或者是哄哄孩子的小情调，或者是自娱自乐的孩子游戏，没有多少精气神儿，也没有什么思想，是些肤浅劣质的产品。我想，如果儿童文学没有更广阔的视野、更高远的精神境界，而只是局限在校园内，那儿童文学是没有前景的。我们的孩子是民族的苗子，我们的儿童文学就应用民族的传统精神来潜移默化地影响孩子。那么，我们的民族精气神儿是什么呢？我在老作家峻青家里的墙上，看到一幅题字：正清和。峻青说，这是文怀沙题的古释文，许多人看不懂，我也看不懂。我去过多次后，终于弄清了这幅古释文的内容，原文是这样：孔子尚正气，老子尚清气，释迦尚和气。东方大道至在贯通并弘扬斯三气也。何谓正气，正气者是充盈天地之间的至大至刚之气。浩然刚正，不信邪不沾恶，堂堂正正，胸怀坦荡，超然于尘垢之外；何谓清气，清气即是清纯之气，光明正大之气。清者，清澈晶莹，一尘不染，清清白白，无贪欲熏心，拒污秽陋俗，两袖清风；何谓和气，《老子》曰：万物负阴而抱阳，冲气以为和。其意是天地间有阴气与阳气交合而成之气，万物由此"和气"而生，这是生命之气。和者为贵，不争名与世，不夺利与市，善藏于心，布施于众。我想，一个国家倘有这三气，即会国泰民安，政通人和；一个人倘有这三气，即会顶天立地，一生豪迈。我们的孩子如果自小就崇尚这"正气""清气""和

气",他们长大了就会不沾上鬼气、妖气、邪气、恶气,他们始终会一身人气,就像贾植芳先生讲的"把人字写好"了。这才是我们希望的一个大写的"人"。我们作家本身要具备这三气本色,才能完成笔下的使命。要知道,儿童文学不是小众文学,就上海来说,据不完全统计,幼儿园孩子有五十余万,小学生有四十余万,初中生有三十余万,也就是说,我们在为一百多万的孩子写作,如果加上孩子们的家长,那么就是三四百万人的阅读队伍,这是一个多么庞大的阅读群体!因此,我说,儿童文学应是大众未来文学。这大众未来文学如果能够都充盈着民族的精气神儿,我们就看到了民族之光。

三、儿童文学是一门精细的艺术

爱尔兰作家约翰·班维尔在别人称呼他是小说家时,会反问而肯定地说:小说家?不,我是艺术家。确实,文学作品也是一种艺术。它与舞蹈、绘画、音乐艺术一样,舞蹈是肢体的艺术,绘画是线条与色彩的艺术,音乐是音符旋律的艺术,而文学是语言的艺术。同样,儿童文学也是语言的艺术。我认为,儿童文学更是一门精细的艺术。

许多人都把儿童文学当作"小儿科",甚至有不少作家都是这样认为的。认为它是简单而易写的。其实,这是一种误判。确实,我们儿童文学作品有大量的作品仅仅一个故事,只见故事,不见儿童,不见艺术。许多作者由于文学理论的缺失,连一些起码的常识都不太清楚,纯粹是一种无目标艺术追求的写作,只追求发表,不断重复自己,原地踏步。大凡有成就的作家都有终生主题追求,如巴尔扎克要表现他的"人间喜剧",雨果讴歌

他的"人道主义",托尔斯泰宣传他的"托尔斯泰主义"。我们的鲁迅像名斗士,举着解剖刀剖析民族优劣,发出一声声呐喊,唤醒民众。安徒生一生"为儿童而艺术"。陈伯吹先生在长达70年的创作之路上,用纯洁的"童心"感染孩子的心。这种追求是很艰难的。儿童文学作家必须有理性的追求,用理性追求指导自己的创作,才能站得高,看得远,才能在未来的路上有所作为。我今年参加过一个儿童文学笔会,会议议题是:向想象力致敬。我们暂且不说这个议题有不准确之处,因为任何人只要正常健康都不缺乏想象力,而且人类任何领域都需要想象力。但是,对于文学而言,想象力本身不是创作,不是艺术。现代美学告诉我们,一个五六岁幼儿的想象力远远超过一个十三岁孩子的想象力,更是成人无法企及的,当然,这种想象力再好也不是艺术。我的孙子在幼儿园,老师布置了一个作业,画人脸。其他孩子按老师说的,将眉毛、眼睛、鼻子画在了应该在的位置,他偏偏把眉毛眼睛画在鼻子之下,然后哈哈大笑。我知道,他是故意的。还有一次他在滑滑梯,他从梯顶将红、黄、兰、金的玩具小汽车沿着滑梯滑下来,比赛哪部车滑得更远,最后他头朝下脚朝上也变成了一部小车滑下来参与了比赛。这些想象应该说也都不是艺术。所以,那个笔会上当大家大谈想象力多么神奇的时候,只有一个人说到了要害处,这就是童话作家兼幻想小说家彭懿,他说,最大的想象力,就是将虚构的事说成了真的。他虽然没有从理论上更多地阐述,但他这句话说出了创作艺术的奥秘。其实,作家的想象力只是第一度创作,而进入第二度创作需要用文字艺术地将想象说出来。许多作者仅仅停留在第一度创作上,因而出现了若干平庸的作品。

语言的艺术魅力是第二度创作艺术升华的核心。安徒生童话的魅力就在于他的孩子般的"诗的语言"。我看作品从不看故事，看开首一句就会决定看下去还是不看下去，许多儿童文学作品不是不想看而是看不下去，包括一些相当走红的儿童文学作家的作品。在老一点的儿童文学作家中，任大霖的语言是有独到功力的，他深受鲁迅的影响，有着浓郁的乡土气息。当下的儿童文学队伍中，曹文轩的小说、冰波的童话，他们的语言艺术能力都高于同代的作家。我们已经习惯看到儿童文学语言像干瘪的丝瓜筋，一个故事也如干瘪的丝瓜筋。小说、童话仅剩一个故事而已。美学理论家王朝闻先生说过这样一段话："第一流小说中的故事大半只像枯树搭成的花架，用处只在撑持住一团锦绣灿烂生气勃勃的葛藤花卉。这些故事以外的东西就是小说的诗。读小说只见到故事而没有见到它的诗，就像看到花架而忘记架上的花。"钱锺书的《围城》没有多少故事，但他渊博幽默的语言艺术，包含了多少智慧与学问，给人以无穷的快乐与美的享受，我时常拿出来读了一遍又一遍。同样，但丁的《神曲》我就放在床头随手就读，语言风趣而难读，但很耐读很令人回味。同样，《红楼梦》都是一件一件生活小事，也没有多少故事，而我们看到的是"锦绣灿烂生气勃勃的葛藤花卉"。鲁迅的小说不过30余篇，可以说篇篇精品，鲁迅的幽默是谁也学不会的。但是，真正艺术品的形成，还要有第三度创作，就是总体结构的布局谋篇的能力。一般作者的随意性是显而易见的，写到哪里算哪里，没有精彩绝妙的开头结尾，以及一波未平一波又起的行文波澜。这些都是今天儿童文学作者应该努力精心去做的。这里不去多述。

儿童文学精品是需要作者耐心等待的。在我个人创作阅历中，有时哪怕一个千字短文都要等待半年之上，甚至更长的时间。现在有的作者急功近利，不停地应付稿约，他的生活体验本来就不多，而他不停地写，像个写作机器。生活体验是一个作家的矿藏，挖完了，这个作家的创作生命也就结束了。今天，许多曾红极一时的作家都面临着生活体验枯竭的危机，又不愿做一个普通人，而是顶着专业作家的帽子，舒适地活着，找些资料写大部头，每年可写好几部。这样的作品不客气地说都是废纸。因为虚构得离奇，生活的细节也不真实。有一位作家说过：小说是庄严的说谎。如果细节也不真实的小说就是一派胡言。胡编胡写的儿童文学作者有一大把。善于等待的作家是作家成熟的标志。我想起在美国黄石公园的原始森林中，见到一种松树，它结出一种松果，外面有很厚的壳，这种松果在树枝头等待，等待自然的山火，只有山火的烈焰才能将果壳烧得爆裂开来，种子的果仁落到烧焦的山土上、才能发芽长出小松树来，这种等待有时要十年二十年，甚至可能上百年。新的生命的诞生需要等待，好的儿童文学作品就像新的生命一样，也需要等待。这种等待就是生活积累的过程与艺术构思的过程。现在很多时候儿童文学写作就像吃饭拉屎一样，成为一种日常功课，但是没有精心的制作过程是写不出儿童文学精品的。正如有一些作家出版、发表了不少作品，到头来自己与别人都说不清他的代表作是什么，糊里糊涂写了一辈子，最后还是遗憾终生。

2013 年 12 月 24 日下午完稿于坤阳国际大厦墨海居

跳出儿童文学看儿童文学
——对儿童文学现状的几点看法

我之所以提出"跳出儿童文学看儿童文学"的想法，其意就是将儿童文学放在一个更大的文学视野中来比较，而并非与现今的成人文学来比较，总体来说，今天的成人文学水平、品行、价值也并不高，浮躁的现代生活已将成人文学腐蚀得千疮百孔了。我想，儿童文学不应沉沦，应该有所作为，就必须有更大的胸怀，放在世界的文学平台上来较量，儿童文学不是二三流的文学，它应该与任何一种文学样式平起平坐，它的尊严与价值与任何一种文学艺术相比毫不逊色。安徒生的童话的存在就足见儿童文学巅峰之作的地位。

就目前儿童文学现状来看，我们还未达到我们所理想的儿童文学的境地，儿童文学还在低水平线上徘徊，这个判定可能很多人不一定同意，但是，事实确是这样。我想就儿童文学说几点看法：

1. 儿童文学的生活面狭小而单薄。儿童文学作品大都写学校的生活，写来写去就在一个小小的生活空间内，似乎离开整个社会的触角而真空地存在着。儿童文学作家缺乏生活体验，更多地是凭空编织一些欺骗儿童的毫无生活气息的学校故事。"儿童文学是儿童的人学"，儿童是社会的人，在儿童的身上聚集了社会的特征与气息，这一种生活的局限面如不突破，我们的儿童文学就不可能反映真实的生活与真实的现实，儿童文学就成了

虚假的摆设，任何虚假的摆设都是毫无价值的。

2. 儿童文学语言的空泛、幼稚化。儿童文学是语言的艺术。许多儿童文学作家的语言简单化、幼稚化十分严重。儿童文学的语言不是装嫩的语言，不是扮演孩子的口吻在说话，不是娃娃腔的变态。这种语言表述的趋势影响着一批又一批作家，严重影响了儿童文学的语言艺术魅力，降低了儿童文学的语言品格，儿童文学明显就矮人三分降格了。我们成人作家写儿童文学的语言能力，应更胜一筹，而不是低劣的伪孩子语言。

3. 观察生活粗糙而缺乏独特的一面。大多数儿童文学作品对生活的观察显得浮光掠影，没有耐心细致的观察，写起景来，春、夏、秋、冬四季变化，语言的用词与描绘都差不多，雷同现象篇篇皆是，因而缺乏生活气息，缺乏真实感，缺乏生命的跃动。这是儿童文学质量上不去的致命伤。独特的生活阅历，独特的目光探求，独特的表现方法，独特而细腻的捕捉生活细节的能力，只有这样的作家才必然是独特的。

4. 儿童文学人物的政治化、标签化依然存在。儿童文学不是政治工具，不是一个时期的政策的宣传品。这种现象依旧在浅层次地涂抹着。党的好孩子、少先队、接班人这是政治。儿童文学是人学，它潜移默化的是人格的成长、人格的变化，是人性的良化，而非从小学马列的政治化。如果这样，儿童文学是无法走向世界的。儿童文学需要震颤孩子心灵的作品，而非政治口号。

5. 儿童文学不是浅阅读的读物。现在市面上流行的所谓儿童文学绝大多数都是浅阅读的读物，并非真正的儿童文学作品。如不引导，将会造成

下一代儿童阅读品行的下降，文化水准的下滑，这是值得重视的大问题。一些所谓儿童文学几乎是疯狂地乱编故事，都是一些生活垃圾的废纸水准，这些浅阅读的读物泛滥会危害、影响一代孩子，这必须引起警惕。

6. 儿童文学作家、作品个性化微弱。儿童文学作家的统货比较多，只要能编儿童故事就是儿童文学作家了。作家的语言、生活面、洞察生活的能力都缺少个性。所以，看儿童文学作品大都有差不多的感觉，没有特色，没有自己的独特面，作家的面孔都像选的漂亮的女演员一样，简直分不清谁是谁了。而鲁迅、老舍、钱锺书这类作家无论如何是不会被混为一谈的。儿童文学中亟待这样的作家出现。

7. 儿童文学浅层次思索、表面化的模式已成定势。儿童文学在很长一段时期之内，都显得缺乏深度、广度。大多数作品看起来都是讲一些浅显的道理，如爱劳动、爱学习、爱祖国、爱人民等等，作家似乎想得很简单，很单纯，很幼稚，很阳光。儿童文学自然而然变得浅薄起来，轻飘起来，失去了分量。其实，儿童文学应想得更深沉一点，更隐藏一点，更丰富一点，儿童文学更应考虑小读者随着年龄的增长，慢慢地一层一层地品味出作品的不同的内涵，倘若能有这类多层次多角度多内涵的儿童文学作品出现，儿童文学何以能被浅薄呢。

8. 儿童文学评论需要有真正而正直的声音。整个文学界已没有真正而正直的声音了。我们看到的文学评论绝大多数是吹捧文章，都是小圈子的自娱自乐，互吹互捧，都是表扬信。没有谁敢发一点真正的声音，稍有一点名气的作家都是老虎屁股摸不得，不能说一点不好，弄不好就告上一状，

这就是现状。评论是拿钱买的，说好话是自然的，儿童文学也不例外。没有真正而正直的声音，儿童文学要获得自己应有的尊严，这很难。这需要改变社会风气的不正，必须有几代人的努力！

一切有良心、有责任心的儿童文学工作者应为争取儿童文学的尊严与地位做出自己的努力！

2012年2月13日写于东方飘鹰墨海居

当下儿童文学缺什么

我们毫不夸张地说，所有的出版商与书商都把目光盯着孩子，儿童书的出版已经铺天盖地，应运而生的五花八门推荐阅读的书目也是花样百出，说穿了，都是出版商变着法儿结伙吆喝兜售的广告。在这种乱相下，一些曾写过一点有价值作品的作者，被一群出版商包围着，经不起版税的诱惑，本来生活的货存就不多，这下更被挤得干瘪瘪的，没有了干货，只能卖水货，水流哗哗，胡乱写来。这些作者身不由己，被出版商的手绑架着到处签售、做报告，成了出版商的枪手与摇钱树。这些作者怎能静得下心来去触摸生活、去观察生活、去感悟生活，去入木三分地解剖生活。这样一来，儿童文学出版的门槛越来越低，书越出越无品，印了一大堆废纸，让孩子们身陷文字垃圾之中。

儿童文学界越来越自我膨胀，互吹互捧，好话说尽，大话说到头，有的还自诩是儿童文学的一盏灯，也就是说本来儿童文学是一片黑暗，因为有了他，儿童文学才有了光明。有的自封为中国的安徒生。诸如"大师""大家"的帽子更是满天飞了。儿童文学已没有了评判理性，已失却了任何批评，哪怕是一点点批评，更不能有任何反对意见，说好就好到底，好到天上去。其实，儿童文学界有的人很红，并没有一篇像样的作品，名曰小说，根本没有小说美的本质，更谈不上小说语言艺术的力量，仅仅停留在肤浅的儿童故事的层面，只见儿童不见文学。

文学评论

平心而论,当下真正称得上儿童文学艺术精品的作品仍是少之又少的。我们的童话创作曾经有过一批杰出的代表作家,如张天翼、严文井、叶圣陶、贺宜、陈伯吹、洪汛涛等。可以这样说,他们代表着中国儿童文学的最高成就。当下的童话创作有谁能与他们相比呢?我们曾经有过一些优秀的儿童小说家如任大霖、任大星、萧平、谢璞等,当下的儿童小说作者有谁敢说我已超越他们呢?我们曾经有过儿童散文的经典作家冰心,你能说写的散文像她一样留传于世吗?至于儿童诗、散文诗有谁能写得过柯岩、郭风呢?不怕不识货,只怕货比货。总体看来,当下的儿童文学创作的水准是低下的,或者说是徘徊不前的。

当下的儿童文学究竟缺什么呢?我以为现今的儿童文学至少有五大缺陷:其一,儿童文学的题材不开阔,大都作品停留在校园的小环境中,或者是妈妈文学,讲的都是身边的儿女琐事。其二,儿童文学语言干巴,毫无个性,更无语言的美感。绝大部分刊物发表的作品,几乎像一个人写的,如果不写作者的姓名的话,就像一个模子里刻出来的。低幼作品尽是概念雷同的装嫩幼稚语。其三,儿童文学的想象能力太弱。在人物设计、故事情节、细节安排上都是老套路、老手法,连有些所谓名家,也山穷水尽地抄袭老故事的构思,新手是模仿欧美玩过的一套。其四,缺乏有血有肉的真情实感。仅仅是为写而写,硬在那里编织故事。这是生活的枯竭,对生活缺乏了新鲜的敏感所致。其五,儿童文学急于求成,没有耐心等待的定力。某些当红写手,急功近利,利欲熏心,滥写胡编,七拼八凑,重复出版,疯狂捞钱。这五大缺陷,造成了当下儿童文学的幼稚可笑,尽是娃娃腔,

童话说昏话，小说是一些浅薄的故事，散文与诗都是白开水。哄闹中的儿童文学，失却了艺术精彩。

此短文，不过是当下儿童文学的点穴之言。

2016 年 3 月 17 日上午草于坤阳墨海居

文学是一种精气神儿

在大学讲了几十年文学,自己也写了几十年文学,我扪心自问,文学是什么?虽然文学理论专著也数以万计,读不胜读。我想来想去,用简单的一句话说,文学是一种精气神儿。文学创作的过程是一个作者把自己的精气神儿传给另一个读者。

常常让我动容的不是作者的语言能力、编织故事的本领、构思的巧妙,而是作者的精气神儿。

文学的精气神儿是有优劣之分、雅俗之别、正邪之差、香臭之异的。世上有文人喜逐劣、逐俗、逐邪、逐臭的。正常的人是喜优、喜雅、喜正、喜香的。

一般地说,我们都是正常的人。优、雅、正、香的都觉得是好东西,是精气神儿的正气。

这种精气神儿的正气与作者年龄大小、体质强弱无关。九十五岁的孙毅写下"上海小囡三部曲",九十五岁的任溶溶写下《给小朋友与大朋友的书》五卷,他们是作家楷模,如此高龄,正气的精气神儿不减。而今活跃在我眼前的这位简平,在我印象中始终是个脸色苍白,显得体弱多病的瘦小人儿,就是这么一个瘦小人儿,他的作品中传达的一种精气神儿却是那般热腾腾的豁达,对生活与生命却有着那种超凡脱俗的淡定从容。看看他那本纪实作品的题目,用《最好的时光》来说母子与病魔的纠缠与斗争,这是何等

的至乐境界。

在我与他的交往中，我一点不觉得他体弱多病，他是那么精力充沛，似乎有使不完的劲，他倡导为山区贫困地区捐书，而且卓有成效，他写作《最好的时光》《皇马之夜》。其中《皇马之夜》获得第三届"上海好童书"奖。他的短篇新作《水孩子》《约架》曾发表在《儿童文学研究与推广》季刊上，又被选入儿童文学"上海好作品"第三辑《上海优秀儿童文学选》中。他的文章经常见诸报刊。他还去乡下体验生活写剧本。他已是无处不在，无所不能。这些都是因为一个原因——他的文化精气神儿。说到这里，我也提醒一下这位精气神儿十足的人，要保重，要爱护自己，祝简平平安健康！

2017 年 10 月 25 日上午写于坤阳墨海居

为男孩与女孩荐书是现代阅读的进步

我觉得,为男孩与女孩荐书是现代阅读的进步。我曾说过,阅读是个人的事情,是一个生命与另一个生命的对话。每个生命都是独立存在的,每个生命的独立性对每个作者作品的阅读感悟、理解都会有各自的特征。我们对独立个性阅读的研究甚少,而男孩与女孩的性别的差异,在不同的年龄段,也因生理与心理的差异,在审美认知、审美心理、审美情趣方面,及对阅读的渴求和向往上,都有一定的差异,这种课题的研究也很少。我们目前只留在表层次的男孩与女孩的心理行为现象区分上,没有从儿童人学、儿童美学、儿童哲学上去探索,中国封建社会时间太长,孩子没有社会地位已由来已久,今天虽然是现代文明社会了,但封建社会的痕迹仍然很深。孩子始终处于成人的从属地位,始终不是一个独立的人,无视孩子独立人格的现象是普遍存在的。孩子在成人的高压下生活着,从小就卷入成人的竞争之中,而失去了天性。这类事例比比皆是,不用举证。因之,在这种境遇中提出向男孩与女孩分别荐书是一种现代理念,是现代阅读的进步。

我们理想中男孩与女孩的形象是什么呢?

男孩应是阳光少年。所谓的阳光少年,应是开朗、大度、勇于承担,具有勇气、胆略、智慧,富有牺牲精神的血性男儿。我想起在美国见到的疯马巨石,这是一座占据整座山头的巨大花岗岩石雕巨像。疯马是印第安

人的英雄，他在一次战斗中全歼了入侵印第安人家园的白人骑兵军团。印第安人崇敬自己民族的英雄而塑了这个像。疯马是他父亲起的名字，他父亲解释说疯马的名字不是马疯了，而是他的马在梦中以古怪的方式跳舞。又说：就像一匹疯狂的战马。疯马12岁那年，他和自己的小兄弟一起出发寻找失踪的矮马，就在他们在一棵樱桃树下休息时，一头咆哮的熊突然向他们冲了过来，小兄弟吓呆了，疯马抱住小兄弟，把他推上了树，然后骑着受惊的马，来回折返，挥舞着套索。熊开始很凶，但过了一会儿它就转身走了。这个疯马少年该是勇敢的阳光少年。

女孩应是慧美少女。且说这个慧字，慧的本义是聪明，有才智，而用它组词却有贤慧、慧根、慧眼、慈慧、慧美等，慧有了多重意思，有了大善、大爱、大仁、大德、大美。安徒生童话中的小美人鱼，是丹麦的象征，我去过哥本哈根，海边一块花岗岩上的铜塑像，吸引了全世界的人。《海的女儿》是个凄美的童话，小美人鱼可谓少女的最慧美象征，她的身上有大善、大爱、大仁、大德、大美。

也就是说，我们荐书的目标有了，就是为成长为阳光少年、慧美少女的孩子们提供必读的好书。

这个荐书的意义就有了现实的正能量。

其一，尊重孩子的自由天性的阅读。引领孩子具有一颗勇敢、慈爱的心。男孩与女孩的天性各异，男孩与女孩的形象标志也各有特征。而现实的教育是统一化、规范化、模式化、程式化，忽视了男孩与女孩的性别教育与阅读差异。当然也有符合男孩与女孩共同审美情趣的文化与书籍，但

现在还是过分强调了共同的一面，忽视了差异，以致教育与阅读出现了缺憾。因此，荐书这个活动使个性有了亮色。

其二，开启孩子的智慧之门。无论男孩与女孩，通过阅读都会或多或少得到人生智慧的启迪。但是，男孩与女孩的智慧钥匙的颜色、明晰、亮度是不一样的，男孩与女孩开智的触点力度、强弱、粗细也是值得探讨的。

其三，让孩子自幼写好一个大写的"人"字。鲁迅说过，要使孩子昂首仰面地站着。复旦大学著名文化学者贾植芳先生说：人的一生，要写好一个"人"字。荐书的根本性也在于让孩子们懂得怎样做人。男孩的"人"字怎样写，女孩的"人"字怎样写，这都是要费心思有讲究的。

以上这三点，给我们这个为男孩与女孩荐书的活动提出了一个要求：要有高瞻远瞩的目光，要有广阔无垠的视野，要有坦荡无私的责任心与胸怀。可以荐世界经典之作，也可以荐当下的优秀作品，可以是文学类的，也可以是思想类的，只要对男孩与女孩的成长有利我们就欢迎。

2017 年 4 月 20 日写于徐家汇花园 9 号 702 室

把海洋告诉孩子
——评《飞越彩虹门的小海豚》

20世纪七八十年代，我曾沉醉于写海洋小说，一些作品今天还在流传着，前几年上海文汇出版社出版的一本上海海洋小说精选《蓝色的诱惑》中还选了我的中篇小说《海蛇》。当然，那是给成人看的小说。我还为全国海洋小说作者做过一个报告，题为《世界"海洋小说"概述》。我对海洋文学有自己的理想与追求。在我写作海洋小说十年之后的某天，我写下了一篇《我写海洋小说十年》的文字，写道："十年有二得：一是写海的诗；二是写海的气。"所谓写海的诗，即是写海的意象，写海的象征。那么海的气呢，实质上是"人的气"，人不过是"大海浩然之气的赋形"。这气就是"豪气""志气""骨气""正气"。这海洋的博大与深沉，这海洋的美与狂放，这海洋的生命的灿烂与活力，于作者和读者都是值得迷恋的。此刻，我读到由雨田创作的《飞越彩虹的小海豚》，这是一本为孩子写的长篇童话。

这是一本把海洋告诉孩子的书。

作品写一头刚刚出生的小海豚奇奇，因独自离开海豚妈妈去学捕鱼而意外搁浅在一个叫做银月滩的地方，从此，奇奇与妈妈失散，开始了离奇的经历。

作者用通俗而流畅的孩子语言讲述这头小海豚奇奇的故事时，给读者

展现了海洋的审美认知、审美道德及审美诗蕴的魅力。

其一，作者传达了美丽海洋的丰富知识。

小海豚其实是一个拟人化的孩子形象，它虽生在大海，但这个海的幼小生命，对海是陌生的，海的一切在它眼里都是稀奇古怪的。在找妈妈的经历中，它遇到了棱皮龟，知道了棱皮龟怎样在沙滩上生宝宝。遇到了大扇贝，知道了大扇贝孕珠的痛苦。遇到了海马爸爸，知道了海马爸爸怎样"生"出小海马来。还遇到不伤害生物的鲸鲨以及剧毒的海蛇、凶狠的双髻鲨等。这些海洋知识让小读者大开眼界。

其二，作者传达了正能量的审美道德。

小海豚搁浅后获救，得助于银月滩附近的一所小学的孩子，其中有两个主要人物，一个叫章涛涛，一个叫赵小童，他俩带领同学们组织了一个"海洋卫士"环保小分队，他们维护着沙滩的环境整洁，平常拣拾游客丢弃的塑料袋、饮料瓶。一个偶然的机会，他们发现了搁浅的小海豚，他们救了小海豚，从此，他们与小海豚结缘。作者巧妙地把孩子们与小海豚的友谊穿插在整个故事中，而不使故事变成纯动物童话。孩子与小海豚的缘分在故事中时隐时现，连绵不断，孩子的心声，用最流行时尚的博客语言来表达，把幻想世界与现实自然融合为一，流畅而动人。故事告诉小读者对海洋生命的爱需要付诸行动。作品中揭示了海洋被污染、伤害的现实，废弃的罐头盒成了大章鱼的家，捕鲨船的残酷，黑油的侵袭等，都使海洋面临灾难。故事告诫世人要真诚珍爱海洋，章涛涛、赵小童他们这些纯真的孩子正付诸行动。

其三，作者用故事绘出了一幅诗的画面。

作品自始至终贯穿着一个旋律，或者说这个旋律幻化的诗的画面。这个画面在故事的开头，奇奇第一次见到天边的一道彩虹，奇奇与妈妈有一段对话。奇奇问："妈妈，那是什么？真美啊！"妈妈答："那是神奇的彩虹，在辽阔的大海上，我们经常看到它。"奇奇问："哦，妈妈，彩虹那边是什么呢？"妈妈答："希望。"奇奇问："我们可以叫它希望之门吗？"妈妈答："太好了，奇奇你真是聪明极了，彩虹门的确也叫希望之门、幸福之门。以后，当你看见彩虹门，那就是它在告诉你，不要泄气，只要希望在，幸福就不会遥远。有时候，彩虹离你很远很远，没有等你飞越过去，它就消失了，孩子，那你也不要失望，因为只要不失望，不绝望，新的彩虹门就会降临。记住了吗？"奇奇应声道："记住了，妈妈，只要希望在，幸福就不会遥远。"这段对话成了作品的主旋律，奇奇在妈妈的点化下，有了自己的信念、追求与理想，奇奇后来在找妈妈的奇历中，就凭着心中这道彩虹，遇险逢难，从不灰心，不失望，始终充满了信心与力量。作品中多次出现那道彩虹，这是信念的具化物，是诗化的一种象征形象。在故事的结尾，奇奇找到了妈妈，奇奇终于飞越了神奇美丽的彩虹门，也实现了孩子们的梦想。这道神奇美丽的彩虹门就是这部海洋童话追寻的精神彩虹，是它的诗魂意象。

《飞越彩虹门的小海豚》这部童话是成功的。

我希望有更多这类好的给孩子看的海洋作品问世。

2017年5月18日下午完稿于坤阳大厦墨海居

不朽的《神笔马良》

2014年4月11日下午,在上海图书馆的会议厅,我主持了纪念《神笔马良》创作60周年的纪念会。我在会上作了简短的致词《不朽的民族精神是童话的魂》,我回忆了我与《神笔马良》的作者洪汛涛的友谊与一些交往,还总结了洪汛涛对童话的贡献,特别是传世之作《神笔马良》的艺术价值与现实意义。在这个会议上,我已获知7月动画故事片《神笔马良》即将开映。

7月,盛夏到来的时候,某天晚上电视屏幕的下方显现出一行字:《神笔马良》动画故事片三天后即将上映。

新的《神笔马良》动画故事片终于正式上映了。

这部影片不知是否合洪汛涛的心愿。

童话《神笔马良》最早是洪汛涛在1955年3月发表于《新观察》第三期上的,署名"了的"。1956年11月由少年儿童出版社出版的童话集《神笔马良》,署名是洪汛涛。起初这篇作品并未引起多大轰动,但,由他这篇作品为素材改编的木偶动画片《神笔》却获得了巨大成功,这部《神笔》木偶动画片先后获得意大利第八届威尼斯国际儿童电影节文娱片一等奖,叙利亚第一届大马士革国际博览会电影节短片银质一等奖,南斯拉夫第一届贝尔格莱德国际儿童电影节优秀儿童影片奖,波兰第三届华沙国际儿童电影节特别优秀奖及加拿大第二届斯特拉特福国际电影节奖。童话《神笔

马良》因为木偶动画片《神笔》在国际上的声誉而走红，变得家喻户晓。于是，童话《神笔马良》被收进了中小学语文课本，也不断被翻译成外文介绍到国外。但是，在盛誉之下，洪汛涛常常因作品署名问题而受困扰，最早的版本是别名"了的"，后来木偶动画片上没有他的署名，几经交涉才更正了。在中央文化部颁发的1949~1955优秀影片获奖证书上是他的照片与他的名字。这是最权威的更正与确认。接着，1980年《神笔马良》获得了第二次全国少年儿童文艺创作评奖一等奖证书。

然而，不公的署名侵权时时给他带来烦恼。那是1997年的8月，我去韩国参加"第四届亚洲儿童文学大会"，他因病不能出席，临行前他手书一函让我交韩国儿童文学协会主席李在彻。会间，我交给了李在彻。返沪时，给他带回一包会议材料，那天我去看他，去他新搬的番禺路的家。之前，他住重庆中路时我常去，后来因忙于办学去少了，这个新家我还是第一次去，房间很暗，白天要开灯，木地板没有铺好，只是一条一条的木条并放着，走在上面"咯哒咯哒"响。天热，他却戴着棉帽子，衣服穿得很厚实，人很瘦，身体大不如前。我与他相识很早，可追溯到1980年，那时，我们都参加了在成都锦江宾馆开的一个全国性的儿童文学会，之后我们就不断往来，特别是1982年6月我与他都参加了中央文化部儿童文学讲师团，其中有叶君健、陈伯吹、任溶溶、葛翠琳等名家，从东北沈阳到四川成都，然后又去了新疆、甘肃，一路讲来，我俩已经很熟了，后来，我还请他到我任教的复旦分校中文系上过课，他讲课中气很足，声音洪亮，头还不由自主地摇着。此刻，他说话声音微弱，显得疲惫而脆弱，他告诉我有一家出版社出

了一本《中国古代童话》把《神笔马良》收录进去，也不署名，他很生气：我还没死，就已经变成古人了。于是，他维权打官司，费心费力，显示了一个文化人的无奈与无助，官司终于赢了，他身体也垮了。我为文化人的势单力薄悲哀，想几年前，他还是那般精力充沛，记得他曾与我一起在吴淞军港写作，我向部队借了两间房，我们各住一间，我们吃在军营食堂，晚饭后一起去军营大浴池洗澡，他除了每周去一次医院治肩周炎外，别的时间都全身心地写作童话理论专著《童话学论稿》，而我正在写中篇小说《海蛇》。每夜他房内的灯火都亮到深夜11点之后，当然，我也不会去早早睡的。这期间，我与他谈起写《神笔马良》续篇的事，我建议他把《神笔马良》写成长篇，他说有这个打算，其实，他在早前就作过尝试，后因故中断了。直到1993年9月，他终于实现了自己的诺言，海燕出版社出版了他的《神笔马良传》，全书12万字。这应该说是现存的《神笔马良》的完整版本了。他在1996年1月送了我一本。那天，他与我说了许多他还想做的事，然而，我看他那病歪歪的样子，心里直觉得难受。想不到这是我与他的最后一次见面。2001年9月22日夜9时他因心脏病突发去世了。

　　《神笔马良》至今仍活着，在马良身上融汇了中华传统文化的美德，《神笔马良》是不朽的！

2014年8月1日上午完稿于坤阳国际大厦墨海居

上海"孤岛"时期的陈伯吹

1983年12月的一天下午,陈伯吹先生依旧是一身端庄的灰色的中山服,在他的书房兼客厅内接待我。自1979年我们已经熟识,三年之后我与他又应中央文化部之邀一同去沈阳、成都等地讲学,又同住一室,有了更深的交往。这天,他送了我一本刚出版的新书,是由福建人民出版社出版的"上海抗战时期文学丛书"中的一本,由楼适夷、林淡秋、柯灵担任主编,巴金担任名誉主编。书名叫《魔鬼吞下了炸弹——上海》。其实,这书早在1943年4月就由桂林新书局出版过了。这是一本杂文集,共计26篇,前面的短序写于1943年2月1日,于赣州至圣路30号。后记为1982年3月16日新写,后记言明:作者姓名原署"夏日葵",现改署原名。落款:陈伯吹。

这是陈伯吹先生在1937年11月12日至1941年12月7日,上海除租界外已全部沦陷在日寇之手,被称为"孤岛"时期,他根据自己的所见所闻写下的杂文。这是"孤岛"时期上海的真实记录,也是陈伯吹先生身陷险境中的真实纪录。我怀着崇敬之心,逐字逐句读完全书,深感伯吹先生非一般文人也,乃是一名血性的斗士。时年先生才31岁。

伯吹先生的序仅二三百言,开篇即说:玩火者在上海放起一把野火。上海已经不是一个"孤岛",而是一座"火山"了。又说,这不是一个好听的故事。这也不是一幅好看的画像,这是血淋淋的现实,有正气、怀正

义的人们，正视着吧。

一天，他从上海北站回来，在那里看到了日军在车站设立了大检问所盘查每个中国乘客的情景，乘客恐惧万状，有的铁青了脸，有的全身发抖，有的急得失去了常态，慢腾腾地一步一步，低垂了头，一鬼子军官狰狞冷笑问话，稍为不合意，举手就打，答不对题，那"间谍嫌疑"的帽子就落在头上，立刻被拘进暗室。乘客所带东西，全被"信交，信交"（日语是奉赠的意思），如不愿意，就拳打、脚踢、皮鞭抽，甚而用刺刀劈刺。伯吹先生愤怒万状，当晚写下了《人间地狱的大检问所——恐怖万状，惨绝人寰！过了界路，如入阴间》。

又一日，杨树浦被日军封锁了，一封就是一个多月，饿死者不少，封在里面的人不得踏出家门一步，区外人又不得入内，家人活离活散，有家不能归。接着，沪西的愚园路、市中心区的南京路等地方也被封锁过。其因说，有人杀了日本兵。伯吹先生见其情景，严正揭露日军的罪行，写下了《等于慢性屠杀的封锁——德国的方法是"枪杀人质"，那是老牌。日本的方法是"封锁饿死"，这是新牌》。

伯吹先生目睹了日军纵容日本浪人挨家挨户强行摊卖日本国旗、日本地图、日本办的报纸的无赖场面，他在《三位一体的敛钱法》中写道：自从上海被谥为"孤岛"之后，岛上多了一种特殊的强盗。

这时的伯吹先生还很年轻，他的眼里常饱含着泪水，深情地望着脚下的这片土地，关切、同情自己的同胞所受的灾难。他长得瘦小，却有着一颗强大的心脏，有一段时期，他天天夜里去到南京路、湖北路口的日升楼旁，

仰望着永安公司高楼上张挂着的马占山将军的巨幅画像和新闻战讯，心里默祝马将军回天有力，挽狂澜于既倒。他挚爱的儿童报刊已经停办，他知道不能停下笔，他的笔像尖刀似地撕划开日寇的种种画皮，诸如用"烟""赌"麻醉中国人以及种种经济侵略、文化侵略的伎俩等等。他的杂文充满着血泪的幽默、辛辣的讽刺，并洞察与预示了日寇的末日，还无情地鞭挞了一些沦为汉奸的文化人，他蔑视这种人，写下了《没有脊骨的软体动物》。

1942年10月，伯吹先生撤离上海，在翌年春上三月到了赣州。这时上海已完全沦陷，伯吹先生的文章虽隐其真名，用"夏雷""柏翠""翡翠""百川""天气"等笔名在《立报》《译报》《文汇报》《华美晚报》等报刊上发表，仍然引起日伪的痛恨与注视，时刻有被捕的危险，他在朋友帮助下逃走了。不久，这批杂文零星地将篇页"化装"后陆续寄到桂林北新书局，编集成册出版。

41年之后，这本书又重版。伯吹先生已古稀之年。我敬仰这位有骨气的文化老人。

2012年5月24日晨完稿于东方飘鹰墨海居

《上海小囡的故事》具有史诗价值

孙毅先生长篇小说"上海小囡的故事"三部曲出版，是上海儿童长篇小说创作的重要收获！

孙毅先生是我很崇敬的一位儿童文学作家、少儿刊物的编辑、少儿活动家。我与孙毅先生相识半个多世纪了。上个世纪的1965年，他在木偶剧团担任编剧，我是上海市文化局四清工作队在木偶剧团的联络员，那时团部在仙乐剧场，我们天天相见。我对他有了初步了解。后来，他调入《儿童时代》社，负责美编室，那时联系我的编辑是苏玉孚，《儿童时代》几乎每个月都有我的稿子，我与孙毅先生也时常遇见。后来在作协的许多活动中我们也常见面，也很谈得来，他心直口快，这性格我喜欢，也爱开玩笑，大约10年前，他感叹时间太快，一下子都85岁了，太没劲。我开玩笑说：您能活150岁。我喊他150。当时在吃饭，同桌最小的也20出头了，我说你活150，还有65年，这里最小的那时也八九十岁。大家哄笑一阵。我对他太熟了，喊他老孙。

现在就说说老孙与他的新作"上海小囡的故事"三部曲。

1. 老孙有坚定的信仰，对党忠诚。"为了孩子"这是党的任务，他尽心尽力去完成它。就像他写雷锋是一颗钉一样，他也是一颗永不生锈的螺丝钉，拧在哪里就在哪里发挥作用。由于他有革命的理想追求，他对社会的判断，洞察社会的意识往往是正能量的，激励人上进奋发的。所以，他

在95高龄能写下这部《上海小囡的故事》也是必然的结果。高瞻才能远瞩，目光才能敏锐地看到时代的本质，这部长篇是上海历史长河中一段时期孩子的真实缩影。

2. 老孙是文学多面手，而且都成绩突出。他写相声、儿童剧，还是诗人、画家，现在又写起小说来了，而且一写就是长卷，这是了不起的创举。

3. 老孙的这部小说是开创性的。当初，他在《少年文艺》发表了一个短篇小说《野小鬼与野小狗的故事》。我是上海市儿童文学研究推广学会会长，在每年一度评"上海好作品"奖时发现了这篇小说，我觉得很好，很有生活气息。就把这篇小说评上了当年的"上海好作品奖"。当时我与他讲：想不到您写小说还真不错，主要是生活气息很浓，不是胡编乱造，很自然，你能否扩展一下写成中篇或长篇。果然，今天我们看到了由此生发出的一部30万字长篇。此前没有人完整地写过上海的孩子，他写了第一部。而且作品跨的时间段有三块，一是新中国成立前的悲苦孩子，二是觉醒后参加革命的孩子，三是在新中国时期的孩子。这种史诗式的写孩子的作品是第一部，超出夏衍《包身工》与胡万春《骨肉》的价值。关键一点是作者从自己的生活出发，不是靠采访查资料来写小说。今天许多作品是无血无肉的，是依仗一点资料乱编故事，而老孙是自己曾经的生活经历，所以有真情实感，而且能打动人心。这部小说将会因它的文化保留价值而存在。

就说这三点，祝老孙健康长寿，越活越年轻！

2018年1月12日下午于坤阳墨海居

天地之间孩子为大

我写的《上海好童书宣言》中的第一句是"天地之间孩子为大",其意是孩子是天地之间的一个大写的"人"。孩子应具有人的尊严、人的地位、人的人格。我们必须尊重孩子、热爱孩子、体谅孩子,而现代社会中,我们虽然口头上懂得这些道理,却偏不把孩子当人看待,在不少大人的行为中,由于溺爱,孩子变成了宠物,由于管教,孩子只不过是"小东西"。大人们按自己的意愿强行地将孩子塑捏成规规矩矩的好孩子,孩子好动好玩自由快乐、富于想象的天性遭到了扼杀。孩子只会读书考试,连玩也不会了。我曾在多年前写过一篇散文《一只不会叫的蛐蛐儿》,我写小时候怎样玩蛐蛐儿,结尾有这么一段:我常常想,现今的孩子怎么那么不会玩呢!玩,那可是孩子生命状态的自由天性啊!那些个只会背书包、不会玩的孩子,能有多少出息呢?这篇散文发在《少年文艺》上,后来被收入小学课外读物。我还给《少年日报》写过一篇《好玩才读书》的文章。也就是说,玩,对孩子很重要,让孩子会玩这是一个开放式的教育理念,许多教育界人士并未体会到,我期待着这样的教育理念有人去开发它。就在这时,我在2015年第二届"上海好童书"的评选中发现了天天出版社自荐的边存金写的一部《会玩,才有翅膀》的故事书,在这部书里,作者通过真实的生活阐述了会玩是开发孩子天性的一把钥匙,表达了一种自由开放的富于创造性的教育理念。我们毫不犹豫地选中了这部作品。我们的童书出版非

常热闹，但真正有真情实感的作品确实太少，儿童文学"假大空"现象依旧严重，许多作者本来生活体验就不多，一旦有了一点名声就胡编乱写一些骗骗孩子的故事，而边存金的作品充满生活气息，有着扎实的原创泥土根基，这是我们今天许多儿童文学作者缺少的。今天，我们又看到了前一部作品的续集《玩着，春天来了》，我拿到这本书后一口气就读完了。

边存金的两部作品的生活原形都来源于一所乡村小学的小诸葛班。他来上海领奖时，在我的办公室，我见到了他在作品中写的"小蚊子老师"与"王校长"。生活塑就一个作家，作者在生活之中创作了生活发现了生活，所以才能写出有血有肉的生活，他用他的教育理念影响校长与老师创造了一整套生动活泼的教育计划与行动计划，并精心地实践，这些活的有激情、有理想的生活积累是亲身体验与参与得来的，不是听来、采访来的，不是凭空虚构的，说实话，任何创作没有丰厚的生活都是一事无成的，任何艺术在真实生活面前都是苍白的。边存金的创作优势就在这里，他做到了作品来自于生活，生活给了他许多选择的素材。

《玩着，春天来了》这部作品共二十章，是由若干个发生在白沙湾乡村小学小诸葛班的小故事组成的。这些小故事生活气息很浓，孩子的群像张翼、大头、小土豆、小燕子以及王校长、小蚊子老师都有一定的形象与个性。故事是从孩子们玩虾开始的，然后玩鱼、玩风筝、玩羊、玩演戏，在玩的故事中，对如何保护孩子的独立个性、培养孩子爱和勇敢的精神作了充分的展现。

让孩子对世界充满爱，是这本书的主旋律，譬如，亲情的爱。张翼爱

他的妈妈，他在课堂上表示了与老师不同的意见，老师爱冬天，他说不爱冬天，因为妈妈冬天为了生活到池塘挖藕去卖，手都冻肿了，裂口疼得厉害。他不希望冬天冻坏妈妈的手。张翼送他妈妈的生日礼物，是给妈妈拍一张有芦花荡背景的相片，村子里的芦花少了，他与同学们人工搭了一个芦花背景，让妈妈高兴了一回。又如，对小生命的爱。《七条小鱼》这一章很精彩，孩子们围着金鱼背古诗，如果金鱼听懂他们的诗，就吹泡泡，等了很久，才吹了一个泡，孩子们高兴得奖励鱼一粒糖，对小生命纯真的爱跃然纸上。还有《小鱼死了》，孩子们很伤心地爬到山顶用气球为鱼送葬。再如，孩子之间及老师对孩子的爱。《小土豆的鞋去哪儿啦》，这是一次特殊的家访，小蚊子老师与孩子们怕小土豆天凉了脚上还穿着凉鞋会冷，就集体去小土豆家为他找鞋。还有作品无时无刻地写到孩子们对农村小镇家园的热爱。我在阅读中感到，第十二章《来自星星的羊》也很精彩，这是农村孩子的玩法，把自家的羊用彩色颜料涂成自认为是外星的羊，农村孩子的乡土特质与现代元素结合，幻想超越了时空。孩子的爱不是无缘无故地产生的，因为校长与教师对孩子的热爱，爱的温暖孕育出爱的幼芽来，王校长爱孩子们，他很想得到孩子们的爱，居然想自己制造"感冒"，这情节可见爱与爱的碰击、爱与爱的相依相存，爱的教育是多么伟大，多么感染人心。让孩子充满爱是一个永恒的主题，也是现今社会特别需要的精神，现代社会因金钱而变得冷漠无情的比比皆是，我们需要作家关注人的善爱，特别要关注孩子的善爱，这也是这部作品的价值所在。这部作品放在那些无病呻吟、胡编乱造、自娱自乐的所谓畅销书面前，后者一下子变成一堆

一文不值的废纸了。

　　当然，这部作品还有欠缺之处。如，故事中有些地方缺少连贯性，有点突然。七条小鱼的死，孩子们表达自己心愿的话，作者一笔带过了，其实可以展示一些细节。总体觉得生活气息浓了，但文学的韵律还嫌不足。

2016 年 1 月 6 日下午完稿于坤阳大厦墨海居

文学评论

人生初步如何走

这是一套引领孩子自小养成完美性格的绘本丛书。主角是一个卡通人物玖玖熊。这只小熊活泼、可爱、智慧、勇敢、善良，象征一个阳光男孩的形象。为何叫玖玖熊呢？此处的玖玖是九九的大写数字，它出自中国古代哲学家老子的《道德经》：九九归一。其意是循环往复、螺旋上升的哲学思想。预示着不断向上、不断进取，始终有新的起点，有新的目标。这名字蕴含了中国传统文化的意义。

由此说来，这套"玖玖熊·好性格"绘本丛书，讲的正是传承中国优秀传统文化的故事，并借塑造的玖玖熊这个卡通人物的故事，传达中华民族优秀的好品德、好性格，使初涉人世的孩子们有自己的榜样，有自己模仿的偶像。

此次出版的这套"玖玖熊·好性格"绘本丛书第一辑共六本，分别是《了不起的玖玖》《一起来做勇敢毯》《今天我来照顾你》《一二三，拍皮球》《花种子快递》《美妙的一天》。这是六个十分有趣的故事，最大的特点是每个故事都带有幼儿认知的游戏色彩，是天真快乐的故事，并在这些好玩的故事中肯定了、赞美了玖玖熊好的性格：自信、勇敢、感恩、坚守、责任心、友爱。

这套绘本在艺术上的特点有：一是用卡通绘画的现代手段，以精美的线条精致地表现了玖玖熊等绘本人物的个性特征，人物形态生动。二是创

作故事的是一些妈妈型的年轻作者，对亲子教育深有体会，编织的故事贴近低幼孩子的生活。阅读这套绘本丛书对家长与孩子都是一种享受，而且能使孩子懂得人生初步如何走。

新评刘保法

多年前，我为保法写过一篇评论《杂议〈"一片云"心中的"阴云"〉》。记得，他的这篇作品获得了这年的陈伯吹儿童文学奖，后来，我又读过他的一些儿童报告文学。应该说，在儿童报告文学这个领域中，他是出类拔萃的。随着时间的推移，一批自诩为儿童报告文学作家的作品早已成了昨日黄花，这种只有报告时效，毫无文学可言的东西，在文学领域中是没有他们的位置的，是没有生命的。而保法的儿童报告文学，是文学的，他的语言清新、淡雅，富有活力与诗情，这是那些短命的儿童报告文学所没有的，失却了文学语言艺术，岂能谈文学的生命。此外，保法的注意力在洞察普通学生的心灵，而不是在产生猎奇的新闻效应，一篇收在新文学大系中的《迷恋》，至今重读还是那般新鲜水灵。当然，保法还在儿童报告文学中运用了许多小说、散文、诗歌的艺术手段，使作品充满着艺术的魅力。

这些年，保法的创作开始转型，我最近读了他的一批童诗、散文、童话。看得出保法很是努力，很是用心，他想扩大自己的创作视野，他想探索更多的创作领域，他想在创新中更有所作为。我认真地品读着，发觉保法的转型获得的成功是意想不到的。

先说保法的童诗。在今天，虽然写童诗的作者多如牛毛，但写得像样的实在太少，我曾在一篇《童诗的美学追求》中说过，童诗是诗，但是一

种更纯美、更富有生命力的诗。还说,优秀的童诗作家是心若童子的天才。写童诗写得好,的确不易。保法在童诗的原生态美、韵境美、谐隐美上都有自己独特的理解,写出了《客客气气的蚂蚁》《想打喷嚏的蚂蚁》《弹琴还是坐琴》等这些谐趣盎然的作品来。

再说保法的散文。他的散文有三种类型,一种是写他的童年杂忆以及身边女儿的生活片断,一种是游记,还有一种是他称的趣味散文。前两种类型并不见多少特色,而趣味散文却使我的眼睛一亮,这些篇目《白猫》《屋顶音乐会》《等美丽》《七彩的风》,篇幅短小,不过两三百字,行文如散文诗,使我想起郭风写的散文。保法的想象是有趣的,一个小女孩等待蝴蝶做她头发上的蝴蝶结,企盼春天的风是有颜色的,那七只小猫的叫声是开音乐会,晨雾变成了做游戏的白猫……这些想法由天真烂漫的女孩的奇异联想表现出来,足见作者别具匠心之处。

最后说说保法的童话。以前并未见他写过童话,然而保法一开笔,童话便写得有声有色。尤其那篇《四十九只纸船和四十九只风筝》,作品写红松鼠与小棕熊是很要好的朋友,一个住在山顶,一个住在山脚,他们的友情传递是依靠纸船与风筝,纸船顺着小溪流到山脚,风筝乘风飘上山顶。后来他们为一点小事吵了一架,不再来往,他们难过了七七四十九天,各自做了四十九只风筝与纸船,终于,挡不住友谊的诱惑,又各自放飞所有风筝、漂去所有纸船。他们和好了,友谊在继续。友谊带来了多么美丽、壮观的场景,世上真正的友谊多么美好呀!

在如今儿童文学不见得有多么亮丽的现状下,保法在不长的时间内为

我们献上了一篇又一篇佳作,我们需要保法这种执着的为儿童文学探求的精神,我衷心祝福保法创作丰收!

2011 年 9 月 20 日下午完稿于墨海居

为书而序

爱琴海与黄河的神源
——《新说山海经》总序

当希腊神话融落在爱琴海中,爱琴海就有了迷人的神秘与魅力。

那时,我坐在一艘爱琴海的白色游轮上,由希腊的雅典到圣托里尼岛去。

宽大的玻璃船舷窗映着五月的阳光,海水深蓝,泛着亮晶晶的光,荡漾着碎碎的波纹。我凝视着这一望无垠的平静的海。

我在翻阅一本蓝色的大书。

书上有一个名字:荷马。

这是古希腊的伟大盲人诗人。他为人类留下了宏伟巨著《荷马史诗》。这部24卷的希腊神话经典是由神的一只金苹果引申的系列故事,其源头正是希腊民间神话传说,由荷马收集整理而成。

海的波纹中飘荡着智慧女神雅典娜、天后赫拉、美神维纳斯缥缈的身影。

我在雅典卫城的巨石城堡中见到了帕特农神庙雅典娜塑像的原址。雅典娜不见了,只剩下空庙。我在灵都斯古镇仰望了胜利女神的断翼石、多乳女神的残胸碑。我在奥林匹亚观瞻了神中之神宙斯的神庙与天后赫拉神庙的遗迹:那些完整的与倒塌的带棱角的巨型圆柱。我还在德尔斐宗教圣地,流连往返于一块钟形的石柱前,注目着这个被称为"世界的肚脐"的地方,聆听着音乐之神、太阳之神美少年阿波罗的预言石与阿波罗神庙的传说。

海面上流淌着、升腾着阿波罗竖琴的乐曲声。

我在希腊这个神的国度里，在那些数千年的断瓦残砖、古堡石柱中倾听着一个又一个美丽而奇妙的神话传说，随便翻一片砖瓦，神话故事就会像一只只活生生的蟋蟀蹦跳出来，神话无处不在，神话无处不有。那些牛头人身怪米诺特、看一眼就让人变成石头的女妖美杜莎、歌唱让人丢魂的人头鸟塞壬……它们浸润在希腊民族的血液中，创造了希腊这个民族的文化。于是，古希腊悲剧产生与盛行起来，三大悲剧作家埃斯库罗斯的《被缚的普罗米修斯》、索福克勒斯的《俄狄浦斯王》《厄勒克特拉》、欧里庇得斯的《巴克斯》《美狄亚》，这些名剧传世至今。苏格拉底、柏拉图、亚里士多德在希腊神话中站了出来。希腊神话点亮了欧洲，但丁、歌德、莎士比亚、达·芬奇、拉斐尔、米开朗基罗让欧洲文化辉煌傲然。

这平静澄澈碧蓝的海呀，怎么变得混沌咆哮起来？

我想起了黄河。

那年，我漫步在郑州的黄河之畔。河畔有一尊黄河母亲的塑像，是用褐色花岗岩石雕琢的一个温柔而丰腴的母亲，她仰卧着，腹部趴伏着一个壮实的男孩，象征着黄河是中华子孙的母亲河。而黄河文化的始祖炎黄二帝的巨石半身雕像就在高耸的向阳山上。一侧的骆驼岭主峰上站立着大禹的粗麻石塑像，大禹头戴斗笠、身穿粗衣，右手持耒，左臂挥扬，智目慧相。底基刻有八字：美哉禹功，名德远矣。

炎黄二帝、大禹都是《山海经》中的人物。

《山海经》记述了炎黄二帝始创中华，大禹治理黄河定九州的故事。

这时，我的眼前黄河惊天巨浪扑面而起，一部大书被托举在高高的涛

峰尖上。

这就是《山海经》。

这部成书于战国时期的《山海经》，分《山经》《海经》两部。《山经》有南山、西山、北山、东山、中山五经；《海经》有海外南、海外西、海外北、海外东、海内南、海内西、海内北、海内东、大荒东、大荒南、大荒西、大荒北、大荒海内十三经。全书31000余字。这是一部中国远古的写山川河岳的地理书。这是一部中国远古部落的战争书。这是一部中国远古英雄的传奇书。这是一部中国远古列国的民俗书。这是一部中国远古巫术玄幻书。这是一部中国远古的神怪大全书。这是一部中国远古的奇兽异禽书。这是一部中国远古的益恶草木书。

就是这部极具挑战性的古书、奇书、怪书，吸引了中国历代的圣者、智者等先贤们。首推太史公司马迁，他在《史记·大宛列传》中写道："至《禹本纪》、《山海经》所有怪物，余不敢言之也。"，他对《山海经》的怪物不敢说，可见太史公的疑虑。西汉学士刘向、刘歆父子在整理《汉书·艺文志》时，将《山海经》收录在"形法家"，认为这书是用来占卜凶吉的，与巫有关。晋代郭璞嗜阴阳卜筮之术，神驰《山海经》，为其作注，成史上注释《山海经》第一人。田园诗人陶渊明熟读《山海经》后写下13首《读〈山海经〉诗》。北魏文圣郦道元在其巨著《水经注》中引《山海经》107条之多，足见此书的藏蕴之宝。隋代训释《楚辞》名家释智骞得益于《山海经》。唐宋八大家之一柳宗元的《行路难》引用了夸父逐日的传说。另一位唐宋八大家魁首欧阳修，写有《读〈山海经图〉诗》。《山海经》也点亮了中

国志怪小说、神话小说之路，诸如《神异经》《搜神记》《封神榜》《西游记》应运而生。现代文学家鲁迅、茅盾、闻一多也都关注到这部古怪的大书。鲁迅在《中国小说史略》目录第二篇《神话与传说》中说"小说之渊源：神话"时，首推《山海经》为其源头。又称："中国之神话与传说，今尚无集录为专书者，仅散见于古籍，而《山海经》中特多。《山海经》今所传本十八卷，记海内外山川神祇异物及祭祀所宜""与巫术合，盖古之巫书也"，鲁迅的说法与刘向、刘歆父子的"形法家"几乎是一致的。鲁迅对《山海经》情有独钟，不仅肯定了《山海经》是中国文化之源、中国小说之渊，而且写下了由《山海经》素材引发创作想象的小说《故事新编》三篇：《补天》《奔月》《理水》。茅盾的视野从希腊神话的研究、创作延伸到中国神话的研究、创作，写下了《希腊神话与北欧神话》《中国神话的ABC》。这是希腊神话与中国神话的第一次神灵交汇，我们看到了《中国神话的ABC》的第七章专门写了《山海经》的"帝俊与羿禹"。茅盾写道：宙斯是希腊的主神，因而我们也可以想象那既为日月之父的帝俊，大概也是中国神话的主神。又写道：神性的羿实是希腊神话中建立十二大功的海勾力士那样的半神的英雄。

　　混沌深沉的黄河，是中国神话原始大书《山海经》之母，也是中国文化之源。它与蔚蓝的爱琴海相映生辉。我在爱琴海上想着黄河的千古绝唱，因此有了编创《新说〈山海经〉》的念想。

　　是为序。

2016年4月22日下午草于坤阳墨海居

探索童话美的魅力
——《童话美学》自序

这是一本试图从美学角度探索"童话秘密"的理论书。

这本《童话美学》原先叫《童话美学论稿》,收在2004年由台海出版社出版的《张锦江文集》第五卷中,在《文集》的自序中有这样一段话:"现在出版的《童话美学论稿》,是一部未写完的书,譬如说,童话艺术美的创造,只写了语言、意境,其实还有变形、夸张、色彩、讽刺、幽默、幻想等等方面,还有中外童话美学的比较等也未涉及,只能以后补写。"现在这本书是完整版本了,我增加补写了"低幼童话美学初探""童话的艺术美""欧美童话美学考察"三部分。本书保留了原《童话美学论稿》的全部内容,未作删改,其中《中国童话四十年》,先前刊在1991年1月《当代文坛报》上,后翻译成日文刊在日本学术刊物《文学与教育》第24集,后附日本学者河野孝子对《中国童话四十年》的评论文章,都以历史原貌文存,不改一字。只是河野孝子一文原日文由日文翻译沈洵澧女士译成了中文,以便读者阅读。

这本《童话美学》写作完稿的过程很长,断断续续有20余年,最早要追溯到1992年,那时,我写了这本书的前几章,然后一面写一面在上海大学、华东师范大学给中文系的学生上选修课,《童话美学》的内容受到了学生广泛的欢迎,选修的学生太多,还作了限制,每期都坐满教室,甚至还有

外系的学生来选修。学生们对童话的理解还是十分肤浅的，有的近乎童话盲，我的课给他们扫除了一些童话盲区，使其了解了现代童话的美学史略、童话的创造过程。在2004年出版文集时，我补充了"严文井的童话展现新生活的诗美""童话语言""童话意境"三部分。其中《民族精神的大发扬》刊发在《文艺报》；《童话与童话作家》刊发在《中国儿童文学·理论版》。之后，又补写的《低幼童话美学初探》也发表在《中国儿童文学·理论版》上。

这次新写的"童话的艺术美"与"欧美童话美学考察"，是等待近二十年之后，阅读思考加上人生经历感悟的结果，没有这种漫长的积累与等待是写不出这两部分的。这两部分总字数近六万字，写来极其艰难，要写出新意，要写出别人没有说过的道理，而且其理论要能自圆其说，我花了三个多月时间，做了自己的努力与尝试。因为童话美学是一门鲜有人研究的学科，几乎是一项研究空白，虽然童话家陈伯吹、贺宜、洪汛涛是中国童话科学理论研究的先导者，写过一系列童话科学理论的开拓性、系统性的专文与专著，特别是洪汛涛的《童话学》更是一部全面系统叙述的童话理论，但是，这些童话理论都不完全是从美学层面来谈的，更多的是自己童话创作经验的论述。当洪汛涛得知我在写有关童话美学的理论书时，曾多次写信给我，鼓励我坚持下去，我这里保存着他1997年8月17日下午给我写的一封信，其中写道："期待读到您的'美学'专著，这是儿童文学的第一本。"那时，他的《童话学》已经出版，他在这年8月1日托人送来一本。我也曾将写作童话美学的计划与构想告诉过著名美学家、复

旦大学教授蒋孔阳先生，那时我在创办上海锦江经济文化学院，他是我们教授委员会与校务委员会成员，在常常举行的不定期的教授沙龙活动中，我与他常见面。一次，他病了住院，我去看他，他的精神还不错，我将自己对童话的美学价值与童话世界美的创造的看法讲给他听。蒋先生是一个憨厚而不善言辞的学者，他微笑道：您说得很好，您说得很好。当时，我书还未写成，本想请他写个序，想不到他不久就离我们远去了，我的心愿成了终生遗憾。2004年11月11日《文学报》刊发了对我的评论专版，著名翻译家、作家、华师大教授王智量在一篇《一个文化人的探求》中说："他那部未定稿的《童话美学论稿》中凝聚了许许多多极其可贵的思考，希望最终能够把这部著作圆满地完成。"著名文化老人、老作家、学者，复旦大学贾植芳教授在《张锦江印象》一文中说："在童话创作和研究领域，他提供了有自己学术特色的学术成果——他的《童话美学论稿》，是为数极少的对童话美学的探索。"这些前辈与文友的期待与祝愿我一直记在心中，这次终于有了兑现的机会。我在新的补充内容中对童话艺术美作了以下比较深层次的探索与思考，譬如，把童话与戏曲、小说的变形艺术放在一起比较，探究它们在美学上的差异；又如将童话魔幻与魔幻小说所创造的"童话世界"与"魔幻世界"的美学意义进行了对照分析；又如对童话讽刺的真实性作了新的论述；再如对童话的象征构成、类型与意义都有许多新的提法，尤其是对色彩象征与运用的新颖阐述更在荒诞象征与运用中对荒诞与怪诞美学本质作了内在深层次的探究与比较，提出了童话荒诞艺术的三个层次的说法。如此等等这是过去的童话理论中都未曾涉及的，完全是一

种创建性的童话美学新论。我在这里特别要说的，是"欧美童话美学考察"这一部分，这是我考察欧美七国之后，对丹麦的美人鱼、挪威的山妖与树精、瑞典的长袜子皮皮、英国的彼得兔、法国的尼斯兔、意大利的木偶匹诺曹、美国的绿野仙踪等世界经典童话中的童话人物有了更深层的理解，通过寻求这些经典作家的创作源头，而使这些经典童话各具特色的美学价值与美学意义更具体化、更感性化、更真实化。这一部分是我多年出国游学得来的，不是一般书本可以借鉴的。我的等待喷薄而出的这些想法，得到了上海教育出版社贾立群社长以及责编杨文华同志（《小学语文教师》执行主编）的大力支持与帮助，可以这么说，没有他们看中这个选题，这本书还会沉默地等待下去，我感谢他们的目光与远见，他们促成了此书的问世。

这部书稿自然还有许多不足之处，我想先让读者阅读检验之后，再作修改。

2014年的炎夏将至，编写完此书，写下此序文，就此了却一桩心事。

2014年6月4日下午写于徐汇坤阳国际大厦墨海居

作品不因获奖而流传
——《爸爸的礼物》序言

这是一个春风荡漾的季节,上海市儿童文学研究推广学会于2012年3月9日下午2点,在华东师大会议厅召开了"上海市儿童文学迎春座谈会",出席会议的有儿童文学作家,儿童文学报刊、出版社的总编与编辑,从事大学、小学与幼儿教育的校长、园长,以及教授、老师等上百人,大家共同见证了这一时刻,会上宣布揭晓了"2011年度上海儿童文学最佳作家作品"13篇(部)。这是上海首次由上海市的市级社团组织出面颁布的儿童文学信息。评选的作品范围仅限于上海的作者。评选的作品都由上海各个儿童文学的报刊、出版部门推荐。评选的标准就当年年度作品而论,不看名气大小,篇数不限,只选最佳,宁缺不滥。评选的目的就是一个:研究、推广上海市儿童文学作家的作品,推动、发现与发展上海的儿童文学的创作队伍,推动上海儿童文学创作与研究的繁荣。

现在,这13篇(部)"2011年度上海儿童文学最佳作家作品",编成了一个集子,起初书名叫《飘荡的春天》,后改名为《爸爸的礼物》。集子中除了获奖作品外,每位获奖者还自荐了一些作品,丰厚了这本集子的内容。这一年度的最佳作品,多多少少都有不同的亮色,当然我不能说,这些作品已经好得没有任何缺弱之处,评选是相对而言,而且很可能挂一漏万,遗漏了一些真正好的作品。这些作品的优点,评委们都逐篇写了评

语，写得中肯而不夸张。在评选过程中，并未刻意考虑作者年龄与作品文体，后来一看评出的结果，在这两个方面还算均衡。获奖作者既有老一辈的作家，也有年轻的作家。老一辈作家中有当年被称为上海儿童小说创作方面的杰出代表的"任氏兄弟"之一的任大星，让人感到敬佩的是，他已九十高龄，还创作激情不减，不仅写儿童小说，还写成人小说，且佳作丰篷，一篇《我梦中的爸爸》，使他的笔触探向了儿童的社会问题，让儿童小说描写现代儿童的生活空间有了更大的延伸与扩展，突破了校园与课堂纯粹儿童故事的局限。比大星稍小一些的张秋生，他是写作巴掌童话的高手，这一回，他写了一篇低幼童话《拍了一巴掌》，也是趣味横生，短小精妙。比起秋生又略微晚生的梅子涵、庄大伟、刘保法，他们也都是写作高手了，他们按照自己的创作路子，写出了体现他们个性的作品。子涵的儿童小说自有特色，他的语言是文学的，不是流行的儿童故事，《十三岁的故事》中的我追护着妈妈的自行车奔跑让人动容。保法的童话诗《苔藓森林》，想象奇突，幻想丰富。大伟的儿童故事《儿子不见了》浅显而有深意，且有悬念与童趣。还有周锐与沈石溪该是中年作家了，这两位都是年富力强的儿童文学创作的生力军，周锐的童话已成了上海儿童文学界的一个品牌，这篇短童话《100前的饼干》仅是他系列童话《大个子老鼠与小个子猫》的一个片段，不能算是他最好的作品，但也还不错。沈石溪是写动物小说的故事大王了，每写必有佳作，这个中篇动物小说《仇恨》，就是他新的创作成果，写得惊险刺激，表现了作者超凡的想象能力。现在该说说这些年轻的作者了，陆梅是这些年轻人中出道较早的，她是《文学报》的副总编，又是上海儿童文学界的新十家，她的儿童小说与散文都写得细致而有文采，

这篇散文《看树》可以看出作者对文字艺术韵律的追求日趋完美，这种语言艺术的努力与功力的锤炼，正是目前上海儿童文学作者队伍中所缺乏的，我相信作者在今后会写出更出色的作品来。唐池子也是一位很有希望的青年作家，她写的这篇散文《爸爸的礼物》，作者内心的真诚、真实，对爸爸的深爱，她都用自然纯洁的文学语言写出来了，她的文学之路会走得很长，也会更出彩。张洁的散文《飘荡的春天》写出了诗情画意。冯与蓝是一位小学教师，在儿童文学创作领域中崭露头角，已经写了一些不俗的作品，这篇童话《一只猫的功夫》，幽默风趣，异想天开。谢小末是一位陌生的新作者，他的一篇小诗《钓鱼》，让人回味无穷。

　　这本集子中的作品无疑是一些好的作品，然而它们究竟能活多长时间，或者说是否能流传下去，还需要读者与时日的检验，特别是随着岁月的流逝，人们都在喜新厌旧之中活着，你写的是否成了今日黄花，还是明日黄花，这就难说了。历史的淘汰与刷新是那般无情无义，任何人都活不过历史，曾经的轰动与辉煌，转眼之间就会销声匿迹，曾经的荣耀与奢华，弹指之间就会灰飞烟灭，这都是易如反掌的事情，文学作品不会因获奖而流传，像《红楼梦》《聊斋志异》《三国演义》《西游记》《水浒传》等却在静寂无声地流传着。我们没有必要极端蔑视文学评奖，也没有必要极端供奉文学评奖，文学创作本身孤独、寂寞，制造一点热闹也是人间乐事。特别要说的是我们这项上海市儿童文学年度佳作评选，似乎更无意趣，这是全国唯一不颁一分钱奖金的文学活动，正因为似乎更无意趣，我们才做这件无意趣的事。

2012 年 12 月 13 日下午于德阳花苑墨海居

童目无界
——《妈妈的兔子花》序言

儿童文学的视野不开阔，或者说儿童文学作品所涉生活面狭窄、单调、呆板，这些弱点、缺失已有些年头了，这是一些儿童文学作家、作者对儿童文学的理解所误，他们单纯地以为写儿童文学，必须要在作品中出现儿童，于是便热衷于儿童出现最多的地方，譬如校园，曾有一段时期作者的嗜好就是写儿童在学校班级的好人好事，尽是乖宝宝、好囡囡，后来又反过来醉心于写孩子的反叛与转变行为，出了一大堆作品，尽是男生与女生之间的事儿，也捧红了几本书、几个人。儿童文学历来缺少批评，大部分评论都是表扬文字，儿童文学的路子越走越狭，少有出彩的作品。稍许翻开世界儿童文学经典一角，看看安徒生童话，还有《长袜子皮皮》《彼得兔》《绿野仙踪》《木偶奇遇记》等等，哪一部、哪一篇是因写男生与女生而成为经典流传的呢？当然，我这里不是绝对反对写男生与女生的事儿，如果一个作者确实有这方面的生活体验，而且有源源不断的生活信息，他就可以一辈子没完没了地写下去，比如说，一直在小学或幼儿园从事教育工作的教师作者。但事实并不完全是这样，据我所知，不少作者仅凭自己有一个儿子或者一个女儿，仅凭从哪里听到的一点校园生活，或是自己组织一些小型的孩子聚会，从那里道听途说获取一些创作素材，继之就大肆没完没了地写起来，这样写出来的多数是水货，没有真实的生活体验，充满了人

为的编造痕迹，仅存的是理念与说教而已。

儿童文学的视野应是广阔无垠，不作任何限制的，世人万物，人生众相，无论欢快、幸福、悲哀、苦难都可入篇，也就是说儿童文学所反映的生活面可以无所不包，无处不见，这就是说，儿童文学的题材应是"童目无界"的。这种"童目无界"的生活的发现，需要以一定的生活阅历为基础，更需作者具有洞察生活的能力，与捕捉生活的锐利目光及勇气，否则即使生活在你面前，你也会熟视无睹，认玉为石，无所作为。其次，就是对待生活的真诚、真挚、真心的程度与深浅，影响着作者的目力，若作者视生活如滚烫的火焰，并拥而抱之，就会随时所见所感这个世界到处都充满着生命与活力，一景一物一人一事都是那般新鲜动人，处处有诗，点滴成文，什么都可以写，什么都可以为。其三，就是"童目无界"的生活境地，要用有美感质地的个性语言，妙趣横生、引人入胜地表现出来，这种使孩子能体会的语言，并非俯下身子说娃娃语、孩子腔，而是一种艺术的语言，可惜我们有相当数量的编织得不错的儿童故事，却因缺乏语言魅力而成为低劣的作品。这种作品只能停留在低水平的儿童故事层面徘徊，还达不到儿童小说的艺术要求。

我们这本集子，收录了2012年度与2013年度上海儿童文学好作品奖的部分作品，还加入了上海一些儿童文学实力派作家奉献的一批优秀近作。这些作品多多少少都在努力地拓展儿童文学的触角，使之向"童目无界"方面前行。两届荣获年度儿童文学的好作品，都给人耳目一新、眼前一亮的感觉，如刘新林的儿童小说《男孩情事》和吴正阳的散文《游在水井里

的鱼》，都是不可多得的佳作，生活的诗韵在字里行间弥散着，既是现实又超越时空，这是某些刻板的校园生活所不具有的，它给孩子们一股难得的清新的气息与活力。虽然作者还年轻，但已展现了他们选取生活片段的能力。老作家孙毅的儿童小说《野小鬼和野小狗的故事》写乡村的孩子生活，浓浓的乡土气息将作品的小主人公阿郎与一条叫"黄黄"的狗活灵活现地展现在读者面前。孙毅是写儿童戏剧的高手，能写出如此精彩的儿童小说来，真叫人拍案称奇。还有《梯子山》《猪头树》《理发师吉姆》《一只总也睡不醒的猫》等篇都从不同的视角揭示了不同的生活面与生活境遇，勾绘了儿童文学的丰盛与多彩。

  这本集子第二编中的一些作家的新作，基本上可见到上海作家在儿童文学中关注的生活内涵的走向。无论是童年的回忆，还是现实生活的描绘，都是校园无法圈限的了。殷健灵以清纯、淡雅的语言，将一则让人心碎的遭离异与身患绝症的妈妈的故事娓娓道来，妈妈对待命运的不幸与多舛，如此淡定与沉着，一盆兔子花的寄托与期待，都在不动声色之中，以致女儿一直在疑惑与犹豫中等待。兔子花是作品的泉眼，一旦点穿，泉水就汩汩而流，女儿眼中的兔子花就是生命，就是妈妈，结局使女儿的泪水汹涌而出，读者无不动容失色、痛惜难平。相对而言，陆梅的语言老道而富有哲理，她的笔触居然探向古佛青灯下的僧尼，这在儿童文学中是极其罕见的，她写了一个小尼姑的生活，又从一个僧尼极为平常的生活细节——茶饭思，在不经意间说出了令读者须思量一番的道理。另一篇是散文《辛夷花在摇晃》，这是一篇写智障与弱智孩子生活的长篇散文，有 1 万余字，作者从

日本作家大江健三郎写有癫痫智障的儿子光，到美国母亲罗伯塔·班迪写智障而失明的男孩罗布，以至中国武汉的弱智男孩舟舟，最后写到她在家乡亲眼目睹的弱智男孩启智。作品横跨的幅度很广，写得深沉而厚重，叙述了大江与智障儿子光"共生共存"的关爱，以至点燃了儿子光"不可思议"的音乐天赋，叙述了《黑暗中的舞者》罗布的钢琴狂想，还有发生生命奇迹的指挥奇才舟舟。作者从大江与班迪的文字中读懂了"悲哀的勇气"，理解着"对生命的爱"。然后，作者将自己见到的现实中的弱智孩子启智写成了第一个短篇《启智的世界》。这种心灵轨迹的铸成需要有一颗对弱者生命纯洁的怜爱与同情的心。应该说，这样的儿童文学作品已不是一般意义上的文字了，我们的儿童文学应有这般更广阔的眼界与胸襟。还有，谢倩霓的《父亲的菜园子》写劳动的快乐与寄托；《水流轻轻》写一个被遗弃的女孩命运；《叶子上的秘密》写一个被冤解的女孩。这些作品都带来了不同视角的生活面，如一阵新鲜的晨风吹过，令人爽心爽气。我特别欣赏《叶子上的秘密》，女孩课间在校园墙外偶然发现一座老屋墙面缠攀的植物叶片都有黑色钢笔写的字，她揪下一片叶子，因为迟到，闹出了被冤解的故事，悬念与疑惑始终留在字里行间，构思严谨而巧妙，语言也活泼而风趣。另外，我们还可以从唐池子的《疯狂农庄》《注意熊出发》，刘保法的《在树上唱歌》《在树林里看月亮》，殷健灵的《和动物园做邻居》，张秋生的《黑猫的蜗牛饼干》等篇中看到，作者对田野、森林、农舍以及各种大自然的景物、动物的热爱与眷恋，引导孩子们的目光关注自然与生命的相存相依的法则，使他们从小就懂得珍惜、爱护我们的地球家园，

懂得这是关系人类生存命运的重大的生活内容。

　　写到这里，我要说一说唐池子的《怪老头的眼睛》，这是一篇童话，故事讲的是一个王国的人得了洁癖症，从早到晚，起早摸黑，都在擦抹灰尘，年复一年，人人却从没有见到亮洁的王国，只见到灰尘，王国因之彻底衰老。是一个突然出现的怪老头，点化了王国的人"树叶上有比灰尘更多更好的东西"，怪老头眼里看到的是有生命的漂亮的绿叶，而王国的人的眼里尽是沾满灰尘的世界。这是两双截然不同的看世界的眼睛，世界的面貌也因之而不同。作者在最后结尾写道："要像个孩子那样去憧憬。"这样的话整个世界就都美好了。也就是说，在孩子的眼睛里，世上的丑陋、凶险都会被涤荡得干干净净，或者说，童目穿尘，任何尘垢都挡不住孩子的目光，所以，给孩子讲的故事应是没有任何禁忌与界限，关键是如何讲来。

　　　　　　　　　2014 年 9 月 24 日下午草于坤阳国际大厦墨海居

静心而书
——《拉手风琴的男孩》序言

上海市儿童文学研究推广学会每年都要评选年度的"上海儿童文学好作品",这个奖项是表彰、鼓舞上海作家在本市的报刊(以儿童报刊为主)上发表的各种类别的优秀儿童文学作品,以展示上海作家一年来的创作成果。评选的要求是高标准的,甚至说是严格的,上不封顶,下不设限,有好评好,宁缺不滥。初选的篇目是各报刊从全年数以千计的作品中自荐的,然后再经专家评审。在评选的过程中,我觉得好的作品还是很少的,筛选到最后也不过六七篇而已。可见原创的儿童文学精品、上品仍然一稿难求,而不是某些评书匠闭着眼睛乱说的什么儿童文学出现了"黄金时代"。我始终认为,文学不是一伙人起哄的事情,文学是一个人的事情,任何夸张,洋洋洒洒长篇漫说是没有用的。文学不是拿来炒的,文学是拿来赏读的。文学不是夺取功名的地方,文学也不是用来换钱的。文学需要安静,需要有社会责任感,需要有平常心,一些被宠着的写手养尊处优,生活无忧,无所事事,又爱热闹,又喜露脸儿,自诩中国安徒生的有好几个,自奉大师的有若干。他们写出来的书都是成捆成束的手榴弹、炸弹,胡编乱造,无良书商还去哄抢,而且一出笼就吹,吹得铺天盖地,居然能大销,苦了那些不明就里的大人与孩子,无故被坑。想想一代儿童文学宗师陈伯吹,被公认为"东方安徒生"的他,活到九十有加,他才写过多少书?拿童话

来说，长的短的加起来不足50篇，其中《阿丽思小姐》《波罗乔少爷》《一只想飞的猫》《骆驼寻宝记》等是传世名篇，而被洪汛涛称为"把童话举在头顶上的巨人""我国把童话献给童话的第一人"贺宜先生，他一生写了120多篇童话作品，也就100万字左右，其中许多篇目不逊色于安徒生，如《小公鸡历险记》《鸡毛小不点儿》《像蜜蜂那样的苍蝇》《"神猫"传奇》《哼哼与珍珍》《月夜发生的故事》等都是中国童话不可多得的经典之作。今天的童书写手写书速度之快到了惊人程度，过度操作，身子早被掏空，无病呻吟，胡说八道，写出千万字的人一大把，说实话，都是垃圾废纸，没有一篇像样的东西，还到处活蹦乱跳。不沉下心来写作，怎能写出好东西来呢。

　　写作需要慢慢来，写作是枯燥、孤寂的事，无耐心静心是不成大器的。写作静心之处有三：其一，须静心潜于生活之中，以平常人、平常心担负起社会的应尽职责，关注凡人俗事，真实而真诚地拥抱生活。其二，须静心地感悟生活、洞察生活、剖析生活，在生活的细微之处探索一般人想不到、见不到的东西。其三，须静心而书。一颗浮躁而狂野的心是难以写出好文字的。只有水静如镜、月正中天般静静地吐出内心深处的思绪和柔软而温暖的情感，这静思、静想、静书的文字才会是动人的。

　　本辑中分两部分，第一编是年度好作品15篇，第二编是优秀作品选10篇。应该说这些文学样式各异的作品都有自己的特点，我不想夸大它们有多么的好，我只想说，这些作者的作品是有真情实感的，而且这些作者都是一些有追求、有个性想法和艺术探索精神的人。我注意到他们的作品并不多，也不滥，是平心静气写的。其中我想说一下年青的作家马嘉恺，

选辑中这篇《夜晚，雨点合唱团》是个短篇，不能算马嘉恺最好的作品，但从中可看到他的语言特点和建构故事的能力。他已出版了6部长篇幻想小说，最近出版的是《时间之城》《螺丝屋》《星孩的芒果湖》。这6部长篇大约200万字，创作的时间跨度有10年之久，这期间他辞去了工作，在完全没有收入的境遇下写作。他让我写一段推荐语，我马上想起两句话：这是沉静的心写下的沉静的文字，只有沉静的人才会欣赏他。另一位是殷健灵，她的一篇儿童诗《遇见八岁的我》入选本辑。殷健灵是多面手，她的小说更好，就在不久前她出版了长篇小说《野芒坡》，是第三届"上海好童书"的获选书目，我认为这部小说在题材与视野上有新的突破。作者之所以能写出这部新作来，最大的优点就是安静，她有一颗单纯洁净的心，她沉得下心来思考与写作。还有一位谢倩霓，也是一位十分勤勉的作家，此辑中她的《年关飘香》是篇散文，其中有着浓郁的民俗芬芳，书中还选了她一篇小说《上学路上手拉手》，也有真实的生活场景。她最近出版了长篇小说《梦田》，也获得很好的声誉。她告诉我：她会放慢节奏写。再一位陆梅，她对文字也很敬畏，本辑中选了她一个短篇《迷宫》，其实这是她不久前出版的长篇小说《像蝴蝶一样自由》中节选的几个章节，这部小说出版后引起了文学界的关注。这是一部以二战为背景的小说，作者以穿越时空的写法，把二战中遇害的犹太女孩安妮与现实中的中国女孩老圣恩联系了起来，虚实结合，现实与幻想交融，传达了作者对生命的感悟，散发出人性的光芒。艺术上有诗意的沉重，有象征的哲理，这部作品的生命会持久的。今年五六月间，我与她有过一次简短的交谈，那是在普陀区

图书馆一个为男孩与女孩荐书的启动仪式上，我在会前的休息室内碰见了她，谈起她主编的《文学报》与她的创作，她说话很轻，她说，《文学报》不可能轰动，只能悄悄地办。她又说，写作也只能悄悄地一个人写。她说得很好，我记在心里了。又说一位简平，这是一位极有社会责任感的作家。金秋时节，作协举行了一次别开生面的与简平的对话会，我作了一个发言——《文学是一种精气神儿》，我说："就是这么一个瘦小人儿，他的作品中传达的一种精气神儿却是那般热腾腾的豁达，对生活与生命却有着那种超凡脱俗的淡定从容。看看他那本纪实作品的题目，用《最好的时光》来说母子与癌魔的纠缠与斗争，这是何等的至乐境界。"他在忙中入静，静生定力，写下一篇篇鲜活之作，本辑选的《水孩子》《约架》是他的新作。谈起唐池子，她也是上海一位活跃的儿童文学作家，她常有探索的新品，这里选了她一篇新写的儿童小说《白猫》。起初这小说的题目是《飞翔的猫》，开头有许多景色描写，我让她修改成现在的题目，景色也删减了。作品突出写一只时隐时现的白猫，这白猫是具象的也是象征的，这白猫是有文学质地的，这白猫给读者留有若干想象的余地和空间。

  本辑中周锐是写童话的老手了，他还是快手，快而生妙，这篇《早点回家过年》就妙趣横生。新手金敏的儿童诗《葡萄》在写法上也有新意。其他新手庞鸿、周桥、朵朵等的作品也都有值得一读的地方。

  冬日万物归于静，期盼闹春。

2017 年 11 月 14 日上午写于墨海居

快乐传真淳
——《童话写作十九讲》序言

我与饶远相识很早，记得是20世纪80年代初，我参加了文化部少儿司的儿童文学讲师团，那时我是最年轻的成员，讲师团汇聚了儿童文学界最有影响的前辈作家如陈伯吹、叶君健、任溶溶、黄庆云、洪汛涛、郭风、肖平等等。我随团讲授《中国儿童小说风格简论》，去过沈阳、成都等地，似乎还去过广州，我已记不清了，就这个时期他给我寄来一本《饶远童话选》，当时他在广东韶关工作，这是最初的联系。最近的一次见面，是在2014年纪念洪汛涛《神笔马良》创作60周年会上，我是上海市儿童文学研究推广学会的会长，与中国儿童文学研究会以及上海教育出版社联合办了这个会。会间我们有了简短的交流，还合了影。之后，诗人刘崇善转寄来一份书稿《快乐写童话》，让我看看是否可以推荐给上海教育出版社，因为这家出版社正组织编写一套童话教育丛书，我认真读完了全书稿，觉得质量不错，就做了推荐。饶远又托我为此书写个序，我欣然而为。

饶远写童话有相当的年头了，我读得甚少，在我写作《童话美学》时，曾有人向我推荐过，说饶远童话值得一说。因我书稿大局已定，未能论述到他的作品。幸好有这次机会，使我能对这部书稿以及他的童话进行一番粗略的梳理，深感我的疏忽酿成遗憾。说实话，中国童话的历史也近百年，但真正写得好的童话家屈指可数，不过就叶圣陶、张天翼、严文井、陈伯

吹、贺宜、洪汛涛、金近、葛翠琳、黄庆云、任溶溶、包蕾、孙幼军、冰波、张秋生、郑渊洁等十余位，流传下来的经典童话精品也是少之又少。从谈童话创作体会能说出童话理论道道的，也就是陈伯吹、贺宜、洪汛涛三位，他们奠定了中国童话的基础理论。许多写童话的人说不出童话是怎么回事，更多的是一些不懂童话的人在写童话。读了饶远的这部书稿，我的第一印象就是作者懂童话才写童话，饶远是迄今为止，少有的既能写童话又能写出比较完整系统的童话写作理论的童话作家，仅此一点，这本《快乐写童话》就有其特别的价值。

饶远这部《快乐写童话》有如下几个特点：

其一，饶远的童话审美情绪与审美心态是儿童的。饶远崇尚快乐写童话，从儿童的内在心理来说，儿童的天性是快乐自由的，而饶远的童话审美出发点与儿童是合拍的，这正是童话作家难能可贵之处，我在《童话美学》中写过童话作家与儿童的审美直觉力不同，简而言之，就是心灵感知的能力不在一个层面，童话作家必须跨越一道难以逾越的鸿沟——成人的经验世界，成人的经验世界从某种程度上说，阻碍了对儿童世界直觉的"心灵创造"与"发现"，"童话作家向儿童倾斜的直觉力，本身就是一种创造"。饶远深谙其道，他有一颗永不衰老的"童心"，天真烂漫地用儿童清纯的目光，来感觉儿童内心深处的愉悦，显露出超出一般童话作者的过人的感知儿童世界的能力。这是快乐写童话的深层次的要素之一。

其二，饶远"谈心"式的叙述，充盈了抑制不住的喜悦。饶远仿佛与自己熟识的朋友，亲切而自然地诉说着自己创作童话的一个又一个生动的

故事,看看每一节的标题吧,"我喜欢童话""写童话对我们有什么好处""童话灵感来敲门的时候""谁来做童话人物"等等,都是那么平常而口语化,让读者陡生亲近之感,拉近了作者与读者的距离,这种"谈心式"的阅读效果更易于为初涉童话的作者所接受,我们应该提倡这种论说的文风。作者为推广童话艺术,使童话艺术更通俗化、普及化做了成功的尝试。

其三,饶远从童话作品创作的内层构因来剖析童话,言之有物,触手可及,真实可信。作者既以自己的写作实例讲自己怎样写童话,还手把手教读者怎样写童话。不仅详细地介绍了童话世界与现实世界的差异,还说清了什么是童话的幻想,童话的灵感是怎样来的,实现"幻想"的方法,什么是童话的思维,及童话思维的各种组合模式,以及叙述了现实世界经过幻想而变形,通过象征、夸张、魔幻等童话艺术手法来创造一个荒诞的、现实不存在的童话世界的全过程。童话是幻想的艺术,但,幻想不等同于童话,任何一种艺术都需要幻想,甚至科学发明、生活方式、建筑设计等诸多人类生活都需幻想而存在,童话的幻想有其特殊的艺术规则,譬如,童话逻辑对这种幻想作了限制,这种限制为童话赋予了特有的光质,童话的折光透视于现实,现实的体内蕴涵着虚幻的色斑。作者说的"童话眼"就是在童话逻辑中点燃童话的光炬。这点明了童话与别的艺术不同的最关键之处。作者还以比较长的篇幅来讲述童话人物的创造过程,当然这是一篇童话是否成功的要点所在。文中对于童话人物的选择、童话人物的类型、童话人物的创造手法都做了系列介绍。此外,作者还用自己的创作实例,具体地、形象地、示范性地说了实际写作童话中,如何开头、如何编织情节、

如何布局谋篇、如何运用魔法、如何点化环境、如何蕴藏真理等等写作技巧。

其四，饶远显示了自己对童话艺术的不断探索、不断创新的进取心，尽其所能创造自己特有的童话个性。我前面引说的"童话眼"的说法，是他的童话理论的一个创造。作者以他的创作实践，挑明了自己艰巨而卓越的童话创新精神，例如，他对生态环保题材的尝试与实验，人类对于大自然的破坏与糟蹋，引起人类未来生存的危机，这是一个世界性的命题，他涉足到这个领域，用他的良心与道德判断，真诚而深沉地倾吐着自己的渴望："保护地球家园。"他写下《别逃，宇宙王》《水妈妈的美梦》《岛仙子的绿岛》《蓝天小卫士》《拯救魔星》等生态环保绿色童话系列。他在其中对人类的生存环境下的森林、空气、水源、鸟类、兽类、噪音、战争等等做了生命的思考。这种童话题材的开拓，已超出一般童话的意义，有了大思维，有了大视野，有了大主题，这是现今童话最缺、最弱的一面，被饶远填补了。他的童话有了警世性，我为此类童话鼓掌。我认真赏读了他展示的一篇《巨人的彩色童话》，写一个被遗弃在原始森林中的男孩，在母狮哺乳成人之后的前后命运。作者的行文富有诗意，写来撼人心魄。这样的童话作品，在今天的童话大殿上应有它的位置，也非一般童话作者所能够写出的。

当然，饶远的这部《快乐写童话》还有许多值得点赞的地方，我就此打住，让读者自己去品赏全书吧。

该书在出版时，书名改为《童话写作十九讲》，现晚补其后。

2015年1月28日下午草于坤阳国际大厦墨海居

主编絮语

主编絮语

孩子们的园地

我渴望一块园地，能够种花种草。当然，这是孩子们的园地，花草就是儿童文学创作与理论研究。陈伯吹先生生前曾用一生的稿费创立了儿童文学园丁奖，比喻儿童文学作家就是孩子们园地上的园丁。平心而论我喜欢"儿童文学园丁奖"这项奖名，不希望它更名。这块园地曾有多少得而复失，而今更是地少人稀。我依旧渴望着，而它的实现却是在创办上海市儿童文学研究推广学会的第四年年初，这是2015年2月11日，上海市新闻出版局批准了《儿童文学研究与推广》季刊的出版。虽然，这还是一本内刊，我的欣喜却是无穷无尽的，我们有了一块小小的园地，这是一块多么难得的小小的园地！又经过了八个月的筹备与征稿，这块小小的园地上萌发出第一批鲜嫩的花草，这年11月《儿童文学研究与推广》创刊号问世了。

这块得之不易的园地须倍加珍惜，勤勉而精心才能花繁草茂。懂得耕深的道理，让花草的根扎到泥土深处，吸收丰富的养料。也就是说这不是一本纯学术性的刊物，这是一本儿童文学接地气的刊物，它的办刊宗旨，与学会的宗旨是一致的，这本刊物将是作者、读者、编者这三者之间沟通的桥梁或是平台。它的根深深地扎在儿童文学创作、阅读、推广的基层土地上。我们在这块小小的园地里，可以随时闻到泥土的清新与芳香。

这块小小的园地该种点什么呢？花红草绿，色彩斑斓，这是园丁的心愿。本刊确立了四大板块：一是原创新品。有童话天地、小说风景、童诗唱韵、

散文绿叶、寓言新篇。不拘一格刊发一些新颖独特的原创作品,特别是新人新作,做到量少而让人眼亮。虽然,在刊物中分量不大,但也多一个窗口总会透出一点亮气。二是理论探索。这是刊物的核心内容之一。有名家论坛、教海探航、批评与争鸣。这里有专家专论,也有儿童文学教学第一线的声音。三是佳作欣赏。这也是刊物的主干内容之一。有经典博物馆、新作点评台、文学新人、菁菁书香园。文学新人常见常新,创刊号推出新秀马嘉恺,本期推出教育管理工作者边存金,他们从不同的创作实践给我们带来了新的可喜的创作成果。四是校内校外。这是儿童文学阅读推广的实践与经验推广的主体内容,最有血有肉的栏目。有社区花香、推广课堂、校园故事、孩子的作品、交流瞭望。这些花草的品色,在今后的护理与培育中将会渐渐优良与丰满。

此刻,这块小小园地《儿童文学与推广》的第二期即将付印,上海正是阳春三月。

这块小小园地《儿童文学与推广》将迎来它的第一个春天。

主编絮语

文学是安静的

我始终认为搞文学创作的人需要有一颗安静的心，这颗心一旦浮躁不安了，天才作家也会江郎才尽。我们这世界多么喧嚣呀，能够不受任何诱惑，不受任何干扰，始终如一，静观、静思、静书是多么不容易的事。一个作家甘居寂寞，滴水穿石，一点一点地积聚力量，使自己的笔力强大起来，使自己的智慧丰厚起来，这需要多么坚强的毅力与高远的胸怀。于是，我在今年的上海儿童文学座谈会上做了一个主题演讲，题目是《把儿童文学原创强大起来》，这个演讲引起了不小的反响，而《新民晚报》等报刊新闻摘录我批评的话，做了新闻题目《专家：儿童文学营销强了，原创并不强大》，一石击起千层浪，各大网站争相报道，成为一时热点。其实，我讲话的原意，并不仅仅是对当下儿童文学现状的批评，或者说是忧虑，更重要的是对儿童文学创作者提出一些追求目标与方向。我说，儿童文学原创作者的强大必须具备四个条件：一是作者要有强大的心胸与视野，包括思想的深刻与睿智；二是作者要有强大的生活积累与阅历；三是作者要有强大的独特魅力的语言；四是作者要有强大的布局谋篇能力。我说，要使儿童文学强大起来这是一件难事，也是作者个人应终生追求的目标。本期一字不改地刊发了这个讲话的全文。在这篇讲话中我提到上海的四位作家：殷健灵、陆梅、谢倩霓、马嘉恺。我说，他们会慢慢强大起来。那天，我在普陀区图书馆参加一个为男孩、女孩荐书的启动仪式，在会前的休息

室内我碰见了陆梅，谈起她主编的《文学报》与她的创作，她说话很轻，她说，《文学报》不可能轰动，只能静悄悄地办。她又说，写作也只能静悄悄地一个人写。一天，收到马嘉恺的微信，他说他的新书不久就要由接力出版社出版了，一下子出版三部长篇：《时间之城》《星孩的芒果湖》《螺丝屋》。他让我写一段推荐语。我看了看创作的周期是从 2007 年开始一直写到 2013 年，持续了整整六年的时间，在这期间他辞去了工作，在完全没有收入的境遇下写作。我马上想起两句话：这是沉静的心写下的沉静的文字，只有沉静的人才会欣赏它。

本期散文一栏中刊出了曹禺研究家上海戏剧学院曹树钧教授写的《童年曹禺的故事》，给人们展示了大戏剧家的另一面，值得一读。还有两位儿童文学评论家方卫平、孙建江的短小精辟的新评也很有新意。幼儿教育专家晨喻关于幼儿文学教学的长篇论文是难得的新颖成果，会给同行带来启发。

编完本期，已是初夏季节，花木繁盛，会给我们带来更多的活力与想象。

主编絮语

静作不老

　　上海的盛夏，街头树枝上的知了吵得厉害，似乎吞下了整条街，让人热燥心烦。然而，过不几日，就能见到知了落在街面的残骸。知了叫得很凶，死得很快，不免让人一叹。我们的文学现象也有类似之处，吵得很响的文学，往往都是短命的。文学作品要经得起时间的考验，要经得起人安静的久读。

　　最近，一个电台节目需要给男孩与女孩各荐八本经典著作，我认真读了瑞士女作家约翰娜·施夫里夫人的《海蒂》，施夫里夫人用温暖的笔触，把一个阿尔卑斯山高山牧场平常的小女孩写得如此动人，让人难忘。这部作品从1881年出版至今已将近150年，可谓"历经百载，依然年轻"，它静寂无声地在世界流传着。另一本《我和小银》，是西班牙诗人希梅内斯先生的作品。他是1956年的诺贝尔文学奖的得主。这本写有177篇独立成章的散文诗，勾画了177幅奇异的画卷，就是写他这个孤独寂寞的灵魂与一头被叫作"小银"的银白色的小毛驴灵魂的交融。这本散文诗仅仅11万字，但前后用了7年时间，从1917年出版至今也整整100年了。我读了几遍，写下了我的感动，题目是《三色蝴蝶在飞》。我在忖思：这样的作品依靠什么历久不衰地感动读者？因为它是文学的，因为它是艺术的，因为它是生活的。

　　本期刊出的唐池子的小说《白猫》，我第一次读到它时，就觉得它是文学的，它是艺术的，它是生活的。起初小说的题目是《飞翔的猫》，开

头有许多景色的描写，我让她修改成现在的题目，景色也删减了，突出写一只时隐时现的白猫，这白猫是具有象征色调的，这白猫是有文学质地的，这白猫给读者有若干想象的余地与空间。本期郑重其事地推荐它。

真正文学的作品是难得的，是需要作者付出毕生的心血与精力的，只有如此才能写出如《海蒂》《小银和我》这样的传世之作来。倘若想着名与利而急功近利地去写作，写得再多也只能写出一堆废品来。正如本期的批评文章《"1点点"的挤出效应》指出的那种冲兑式、量产式的写作，只是想获得利润最大化。实质是制造了可悲的阅读生态。这种作者的良心是应该受到谴责的！

编完本期上海正是盛夏。出刊时却是清凉的九月。

纯洁可贵

2017年，每个人都有许多期待，上海市儿童文学研究推广学会也有一些自己的构想计划，此刻，我想起一首老歌《我们走在大路上》头两句：我们走在大路上，意气风发，斗志昂扬。这歌的旋律很激昂，曾鼓励过一代人，今天我想起它不完全是一种怀旧，而是想起一种单纯洁净的精神。当下的世界浮躁而现实，心里容不下一个"静"字。而我们的公益平台正稳稳地放着一个"静"字。阅读是一个人的事，需要静心，写作也是一个人的事，也需要静心，"静"自心生，这都需要一颗单纯洁净的心。

一天，已经晚上9点多钟，我发了一条微信，约请殷健灵在本期写篇有关她的新作《野芒坡》的创作谈。《野芒坡》是第三届"上海好童书"获选书目，我想介绍这部长篇。她说，书里有现成的。随即她发来一个文件夹，是她为书写的后记，特地在括号里注明：从土山湾到《野芒坡》。我看了，觉得可以，就回复了她。我说，这部小说的题材与视野有新的突破。她说，还不够完美。我说，在儿童小说中已经超群。因为现在那些所谓儿童长篇、短篇绝大部分是儿童故事水平，还无小说特征。她说，不能故步自封。我说，你有追求与努力是好事。不图多，慢慢写来。她说，一步一个脚印，谢谢前辈鼓励。我在公开场合多次说过她的创作成就，儿童小说中她是出类拔萃的代表人物，她最大的优点是静，她有一颗单纯洁净的心，她沉得下心来思考与写作。这期上刊登的她的创作谈值得认真一读。

还有一位朋友是写童话的老手饶远，我曾为他的一本童话创作谈写过一个序，他给我在手机短信中写下这样一段话：在读您的序时，我有一种像在荒原独行时，在饥寒渴望中，遇见了天使般的感觉，非常感谢您！是的，我会继续写作，不负众望。他的童话有若干大胆探索，我肯定了他。这时，他给我寄来一篇稿子，这稿写于2013年12月，投稿时是我们刊物刚创刊，已经四次修改。我看了不太满意，就搁下了。然而，他没有停止修改，他说，不知改了多少遍了。直到2017年1月10日定稿，他把稿子又寄来了。我觉得可以了，这就是现在看到的这篇童话《穿虎皮的黑嘴狼》。我想，一个老作家如此淡定，不厌其烦，精益求精的写作态度，是值得今天许多写手学习的。

　　这期值得关注的还有上海著名女诗人张烨为孩子写的诗、郑开慧追思任大星的散文、樊发稼对当前儿童诗的批评文章等。在栏目中增添了"社长荐书"，可以时刻传递好的新童书信息。

　　儿童文学总是在春天里，编完这期正是早春二月。

崇尚正气

立冬已过，我的一盆秋兰却开得花团锦簇，透出无限的精气神儿。这使我联想起前不久我为一个笔会写的短文，题目是《文学是一种精气神儿》。我写道："文学阅读的过程是一个作者把自己的精气神儿传给另一个读者的过程。""常常让我动容的不是作者的语言能力，编织故事的本领，构思情节的精妙，而是作者的精气神儿。""这种精气神儿与作者的年龄大小、体质强弱无关。""95岁的孙毅写下了长篇小说'上海小囡的故事'三部曲。同样，95岁的任溶溶写下了《给小朋友与大朋友的书》五卷散文。他们是作家的楷模，如此高龄精气神儿不减。"这次笔会是为简平开的，我又写道："（简平）在我的印象中始终是个脸色苍白，显得体弱多病的瘦小人儿，就是这么一个瘦小人儿，他的作品中传达的一种精气神儿却是那般热腾腾的豁达，对生活与生命却有着那种超凡脱俗的淡定从容。看看他那本纪实作品的题目，用《最好的时光》来说母子与病魔的纠缠与斗争，这是何等的至乐境界。"

文学需要这种正气昂扬的精气神儿。本期刊出了简平为孙毅的"上海小囡的故事"三部曲写的后记《人生的印记，生命的光芒》。在文中简平透露了这部长篇儿童小说作者创作的心迹与过程，也展示了简平与孙毅这两个精气神儿都十足的人的忘年之交。读者可从文中读到这种精气神儿带来的纯正的气息与力量。

本期还刊登了两位老作家的作品，一位是章大鸿的散文《明珠塔下的这方热土》，作者饱含真情，用色彩构建全文的框架，真实地表现了这方热土的惊人变迁，艺术表现上有新意。另一位是樊发稼的一束微寓言。发稼兄微言大义，精妙道出，堪称一绝。汤祥龙有一篇短评《樊发稼与微寓言》可解读。这两位也都是80以上的高寿之人，却精气神儿了得，行文落笔雄风不减。更为难能可贵的是发稼兄虽目力不济，但对文坛的现状却目光炯炯。他对某些编辑缺乏应有的文学常识毫不留情地提出了批评，其言豪气方正，一吐为快，写下《我对当下一些媒体编辑的意见》。这些意见也有触类旁通的思索，就拿童话创作来说，现今懂童话的人真的不多，写童话的不懂童话，编童话的也不懂童话，童话人物可以随意替换的，猫换成狗，狗换成熊，熊换成狼都没有限定，童话人物个性消失，物性也不存在，兔子生日吃蛋糕，麻雀在街上走路，甚至动物完全像人一样生活。童话成了胡话。儿童文学界到了需要扫童话盲的境地。所以，本刊每期连载《童话美学》章节就有了必要。

秋兰冬盛，该是吉兆，我们期待来年更好。

主编絮语

踏春而行

在早春二月，我写下两幅晨墨："春催人勤"，"惜春"，又为上海教育出版社写了一幅迎春横题"踏春而行"。这三幅字是当时春天到来时我的心境。此时，已是阳春三月，我办公室的窗台花圃内绿兰、红鹃已开得正盛，我想，我们该为儿童文学春天春耕、播种做点什么呢？

三月，我们照例举办"上海市儿童文学迎春座谈会"，这是学会的第七个年头了，会上揭晓第六届"上海好作品奖"和"学会奖"，表彰获奖者，特别是要鼓励年轻的作者。

我始终关注着年轻作者的创作动向。本期"新作点评台"栏目中刊出了对郭姜燕长篇童话《布罗镇的邮递员》的评论。这部作品去年获得"上海好童书"的荣誉，接着又获得了许多儿童文学大奖。这位年轻作家的创作前景不可限量。我很希望有更多的郭姜燕。特别是上海，童话创作队伍已青黄不接，后继无人，如此国际大都市居然没有一批虎气生生的年轻童话家，这使人忧虑。我想，培养与鼓励二三十岁左右的童话作者已迫在眉睫。本期刊出的上海青年女作家楼屹的微型小说与散文也是出于鼓励新生力量的用意，当然她写的不是童话，也许她会写童话，我期待着。在本期"童话天地"栏中，又见到了小巴掌童话创造者张秋生的新作《在树上看风景的狐狸》《大象与蜗牛的院子》《大树和小鸟》。这位老作家还在坚持写作，很让人敬佩，也值得年轻的作者们急起直追，写出好的童话来，赶上甚至超过他。年轻人应该有雄心与勇气。

本期原创新品中，难得写诗的儿童教育女作家吴斌荣的童诗《两片雪花儿》也颇不一般。寓言中坚女作家周冰冰的寓言新作《黄河与酒》《想接近太阳的天鹅》《争夺凤凰巢的鸡》也很大气，寓意深刻。

本期刊载的老作家章大鸿写的散文《在难忘的战斗日子里》，倾吐了不忘初心、忠诚于革命事业的真实情感，对世人有教益。我们欢迎更多的有真情实感的作品，无论是过去岁月，还是当今世界都可撰写。

我很欣喜地从香港女作家周蜜蜜那里得到她妈妈——著名女作家黄庆云的消息。庆云大姐是我尊敬而熟识的作家，她的作品享誉中外儿童文学界，广东作协以"'云姨'的百年童心"为题，为她举行了隆重的学术研讨会。我衷心祝福她健康长寿。

本期开辟了一个新栏目：绘本研究。目下绘本创作、出版正在热闹，设这样一个栏目，给新崛起的"绘本热"，增添一个说话交流、探讨的地方，台湾老教授、绘本研究家林文宝的《走向原创之路》，说理充分，论述明白，值得一读。

本期还在"社区花香"一栏中刊登了童话老作家饶远在社区创办童话馆的信息，我们祝愿他自己也成为"不老童话"。

春来春去，我们迈着小步不再停下，永远忠实地为儿童文学的春天做点益事。

2018年3月3日写于坤阳墨海居

对话录

上海少年儿童图书馆采访对话

1. 请您与我们分享下您平时的阅读情况，您怎样看待阅读与写作之间的关系？

阅读是一辈子的事，但人生有限，书海无涯，我们只能选择性地阅读，要扫描式地浏览一些书，也要精读一些自己喜欢的书。而且更重要的是读好要用的书。知识积累是长期性的，不能急于求成，细水长流，今天读一点，明天读一点，日积月累，一个人的阅历就会丰厚起来。除了书本，更重要的是向社会现实的学习，这是一本大书，甚至在某种程度上比书本的东西更重要，这是两种不同的阅读，阅世阅人才能有所悟。近十年我常出国旅游，我称之为游学，我去了欧美最主要的国家，考察了许多经典作家的出生地与作品诞生地，对原先读过的经典作品有了立体印象，也加深了对这些世界经典作家作品的理解与感悟。如，我去了意大利佛罗伦萨，看到百花大教堂依旧吟唱着《神曲》，这不单单是一种现象，而是文学经典是如何延续生命的，流传需要作品自生的生命力。在法国巴黎圣母院体会雨果的伟大，在英国莎士比亚故乡感悟莎翁作品的精髓，在西班牙瞻仰塞万提斯，领会《唐吉诃德》的骑士精神，如此等等这都是在书斋、讲堂无法体验的。"读万卷书，行万里路"两者缺一不可。现场考察后，回头再读这些经典又有了许多意想不到的收益。这样，对写作也会大有启示。这些年，我集中精力潜心写作散文三部曲，已完成两卷《人梦》《人界》，正写第三卷《人悟》，

全部完成100多万字，这三部曲是我对人生的多角度多方位的思考，是阅世阅人阅生阅死的大彻大悟。其中《面觐但丁》《仰望雨果》《亲近莎翁》等在《文学报》《新民晚报》等报刊发表之后影响很大，流传很广。

2. 您是怎样做到在儿童文学和海洋文学两种作品风格中自由转换的？

我的文学创作主要还是写成人小说与散文创作。任何创作都取决于作者的生活积累与生活视野，如果一个作者根本没有这方面的生活体验，就不可能写出精细的部分，凭想象是没有用的，生活的丰富性是任何想象都无法代替的,再高超的想象艺术在生活面前都是苍白的。我年轻时当过水兵，有海上的生活，随着时间的推移，生活的沉淀，原始的生活有了诗的特质，但是仅靠此回忆是写不好的。后来我在吴淞军港体验生活，又融进了现代水兵的生活，这样生活体验的丰满就激发了创作冲动，我一连写下不少中短篇海洋小说，其中也有一些适合孩子们读的海洋小说，如《海上奇遇记》。至于长篇小说《海王》那是给成人看的，我整整用了八年时间，走遍了东海、黄海的沿海岛屿与滩涂，采访了数十上百的人，看了数十万字党史资料才写出来。生活决定一个作者的创作走向，否则离开生活谈创作是无源之水，是无根之木。是写给孩子看还是写给成人看都是根据生活的积累来决定的，并不是人为刻意而定的。

3. 怎样才能创作出好的儿童文学作品？您的创作灵感从哪里来？

要写好一部出色的儿童文学作品并非一两句话可以说清的。实际上要写出一部儿童文学艺术经典是由各种因素造成的。绝大部分作者写了一辈子，出了一大堆书，但谁也不知道他写过什么。而《木偶奇遇记》作者一

生也没有写几部书，却让全世界记住了他。生活的特殊性或者是特殊的生活经历可以成就作家是不可否认的。我写过一篇《一个站着死的男孩》发表在《少年文艺》上，已经许多年过去了，今天还流传着，这种特殊的生命经历是无法复制的。当然，作者对生活的真诚关注是作者创作灵感的内在因素。

4. 您心目中优秀的儿童文学作家需要具备什么条件？

做一个优秀的儿童文学作家是件极不容易的事。在我心目中儿童文学一代宗师陈伯吹先生是我们的楷模。他是一生献身于儿童的殉道者。我是1979年与陈老相识，相交、深交数十年，深感到他对儿童的真心、爱心、善心，他是儿童教育家、翻译家、编辑家、文学家，是非常全面的儿童文学大师，这样的儿童文学作家是极少数的，我受他影响很大，受他的教益很深。所以，我觉得要成为儿童文学作家首先要有一颗纯洁的心，要对孩子是真爱真善，而不是借写儿童文学为自己谋利。做好人才能作好文，这是最重要的，其次才是儿童文学的语言表达能力，观察生活洞察生活的能力，布局谋篇的能力。而今天肯为孩子献身的太少了。

5. 您写的《童话美学》论述新颖，视野开阔，填补了我国童话理论研究的一项空白，出版后得到儿童文学界的高度好评和多家媒体的报道热议。请问您如何看待童话与儿童审美情趣？

《童话美学》是我在大学任教时的讲稿，历时20余年完稿，费尽心力。这部书的视角是从美学角度阐述童话的理论专著，出版后学术界评价很高，并被上海作协评为年度作协优秀作品奖。关于童话与儿童审美情趣，我在《童

话美学》中有专门一节。在这一节中，我讲述了"审美情趣"的美学概念，而儿童审美情趣又是一个特殊概念。它的特殊性是因与成人审美情趣的不同而独立存在的。表面看来，儿童情趣与儿童审美情趣是比较接近的，但终究是两种不同的美学心理，儿童情趣更强调天然的自然属性，或者称为天性，而儿童审美情趣富有理性成分，且是在审美对象出现之后的一种审美认知、判断、联想等伴随而来的复杂的审美过程。童话艺术审美性的儿童倾向使它更适合少年儿童阅读，特别是十岁之前的孩子阅读。这里只作一个提示，因为要说清它必须有更多的理论阐述。

6. 您怎样看待国内儿童文学现状？如何看待它的前景？

我对当下国内儿童文学的现状，一直持这样一个判断：热闹有余，精彩不足。我每年要组织两次评奖活动，一是上海儿童文学年度好作品奖，是发表在上海各报刊上的儿童文学短篇作品的年度评选；二是上海好童书全国的评奖，年度童书评选。也就是说全国的儿童文学创作动态我一目了然。确实，全国每年出版的童书成万甚至数十万，但，真正称得上儿童文学原创精品的是极少的，不过10种左右。这反差之大，很重要的一个原因是出版者与作者都缺乏耐心，急功近利，作品粗劣，误人子弟。儿童文学出版门槛越来越低，童话说昏话，儿童小说只见故事不见文学，儿童诗像白开水。儿童文学中童话作者的队伍越来越萎缩，后继无人，更无大家出现，像叶圣陶、严文井、张天翼、陈伯吹、贺宜、洪汛涛等这样的童话作家一个也没有。虽然曹文轩得了国际安徒生奖，但并不能说中国儿童文学就是世界级的了。我呼吁《儿童文学要有精品意识》，就是想说中国儿童文学

要有所作为，必须做到：1.作家要沉下心来，要耐得住寂寞，不受市场诱惑；2.要锤炼自己的语言，要有独特的个性语言；3.要静心观察生活、积累生活、剖析生活；4.要学习社会。只有这样，我们的儿童文学才真正有希望。

7.请为我们描绘一下您理想中少儿图书馆的景象？

少儿图书馆是上海唯一的一座面向少年儿童的专业性的、具有标志高度的图书馆。这所图书馆应是上海少年儿童最美丽的知识乐园，应是上海少年儿童最快乐的阅读宫殿，应是上海少年儿童最幸福的开智讲坛。我期待上海少儿图书馆在阅读推广领域具有更多的前瞻性、引领性、开拓性，也期待我们上海市儿童文学研究推广学会与少儿图书馆携手合作，为上海市儿童阅读推广工作共创大业！

给孙毅先生的信

尊敬的孙毅先生：

您好。

您1月2日写给我的信与15日讨论大作《上海小囡的故事》的邀请函都已收到。首先感谢您对我的信任，我相信您的大作一定会受到与会者的高度评价，预祝研讨会成功！我因感冒喉咙痛、发烧，不能前来当面请教与祝贺，失去一次学习的机会，实在遗憾。

您正大光明的为人与高贵的品行都在这部长篇小说中体现出来了。我始终敬佩您这位有崇高信仰的革命作家，您对党的信仰与对国家和人民的热爱，永远值得我学习，也值得所有作家学习。正因为您的信仰坚定，您对事物的判断是充满了激昂向上的正能量的，所以您能写出这部史诗般的大作。可以这么说，"上海小囡的故事"三部曲，是上海写儿童生活故事中有重大突破的作品，是上海儿童文学创作的一大收获，也是全国儿童长篇小说中的一部不可忽视的力作、佳作。这部作品应得到文学界的尊重。

我准备了一个发言提纲，附在信后，请中国中福会出版社郑晓方同志带给您，是否会上念由您定。

祝福您健康、长寿！

崇敬您的人：张锦江

2018年1月12日下午

与任溶溶电话论诗

2014年11月20日上午11点张锦江与任溶溶通电话。

张锦江：上海很久不开这样儿童诗的讨论会了，想邀您参加。

任溶溶：儿童诗写的人少了，应该开开这样的会，鼓励鼓励写儿童诗的人。

张锦江：上海儿童诗的创作是有成就的，出过许多诗人，很需要一起探讨一下儿童诗怎么写。

任溶溶：您帮我带一个这样的意见，现在写新诗白话诗的人越来越多，童诗跟着走，没有那个必要。

张锦江：儿童诗有特殊的儿童韵律与儿童韵味。儿童诗已经写得看不懂了。

任溶溶：不是看不懂，而是不要看了。我是从翻译开始学习写作童诗的，现在还是要借鉴苏联马尔夏克的儿童诗，英国的米尔恩等世界童诗经典作家作品。

张锦江：您是上海童诗的一面旗帜，您写的童诗是从孩子心中流出来的，很幽默风趣好玩。

任溶溶：我是这样写的。好的童诗有各种写法，圣野是一种写法，柯岩是一种写法。浙江少儿社马上出版一本我翻译的马尔夏克的童诗，大家可以看看。祝儿童诗研讨会开好。

张锦江：谢谢您的意见。

与小作家班学员对话

　　今天，我来到这里为小作家班的学员讲课。我不知道你们特别想听什么，因为给我的时间非常有限，要在一小时内讲出创作的道理，这实在很难。我想请几位小朋友说说，你想知道什么？好吗？

　　我想，我还是讲讲在我的写作中觉得最关键的问题。

　　第一，读好两本大书。

　　一本是生活的大书。在我小的时候，我很喜欢玩，那个时候不是玩电脑、玩手机、玩游戏机、玩变形金刚。我的老家是一座小城，是一座古老的小城，有青石板小街，有狭长的青砖小巷，小巷纵横交错，小巷的一头是一个池塘。小街的一头是一个古老的广场，小街上还有一个快要倒塌的鼓楼。我与小伙伴们就在小街、小巷、池塘、广场、鼓楼等等这些地方玩。抽打不死(陀螺)、滚圈圈、竖铜板、笃砖头、扯哑铃、放风筝、斗蛐蛐、逮蜻蜓、捉金龟子、粘知了、游水、摸鱼、钓鱼、钓青蛙、钓黄鳝、捉麻雀。在这当中抓蛐蛐斗蛐蛐最好玩，我抓过粪坑旁的臭牙、掏出过蛇洞与蜈蚣窝内的毒牙，有一次钻黄豆地，正在翻豆叶下的蛐蛐时，被一位老农民拎着耳朵拎出了黄豆地。我坐在浴盆里洗澡也斗蛐蛐，我双膝破了、烂了，用紫药水一搽，又趴在地上抓蛐蛐儿，最后在膝盖上留下终身白斑。我放风筝掉进了池塘，穿的是棉袄没有沉下去，被人救了，受冻，送到澡堂洗了一个澡。在鼓楼摘桑叶被马蜂叮了一下，脸肿得像石头一样硬。即便如此，我依然玩性不

改。我爸开了一个小店，卖糖果、烟、酒杂货还有零卖煤球、煤饼、木炭，晚上竹篷下挂一盏汽油灯，这下可热闹了，引来了许多会飞的虫子：土地狗、纺织娘、蚱蜢、放屁虫、扣头虫、小蜻蜓、蟋蟀、金龟子、屎壳郎等等。我捉好放在火柴盒、玻璃瓶里，或用线系住它们的脚。夏天夜晚捉萤火虫，萤火虫用脚一踩就是一条光亮的光带。这些玩法，玩的对象，我们今天大城市的孩子是玩不到的，我很幸运，在这种直接的生活中我接触了大自然，学到许多书本上学不到的知识。

一本是书本的大书。我在你们这个年龄读书，纯粹是兴趣，觉得书中的故事和人物好玩、有趣、惊险、奇特才去读。在我读的书中，最喜爱的是《隋唐演义》《三国演义》《七侠五义》《小五义》《说唐》《西游记》、《包公案》《彭公案》，还有苏联的侦探小说、福尔摩斯探案集等等。我读书读到入迷的程度。那时，我家穷，晚上点豆油灯，在一个小瓷碟中放两根灯芯草，倒一点油，就点亮了。或者用煤油灯，有一个玻璃灯罩，我就在灯下读书。在夏天，月亮好的时候，我就在月亮下读书。有一天，我读《三侠五义》，是第五回"乌盆诉苦别古鸣冤"。一个鬼魂再现，让我汗毛直竖。这是讲一只乌黑的泥盆掉在地上会咕噜噜地乱转，竟能发出悲哀之声，说着人话的故事。关于鬼的故事，听起来很怕人，越怕越想听，譬如僵死鬼的故事、吊死鬼的故事、落水鬼的故事，还有女鬼会把头拿下来梳头发，吊死鬼的舌头很长，鬼走路没有声音等。读到这里我想起许多鬼的故事。这个乌盆鬼，其实是鬼魂附在乌盆上，这个鬼魂是冤屈鬼，是苏州做绸缎生意的商人，在回家的路上被人杀了，杀人的叫赵大，杀了人抢了钱财，

把人的肉和着泥做了泥盆，冤屈的鬼魂就留在了泥盆上，后来包公审泥盆，弄清了这桩冤案，把赵大抓了起来。这就是戏曲《乌盆记》的由来。这些传说，以及传统章回小说，还有苏俄的惊险小说、侦察小说，是我成为作家所受的最初的文学熏陶。

第二，热爱生活，观察生活。

我们在生活当中，每天都有新奇奇妙的东西出现。这需要写作的人多一双眼睛，多一对耳朵，要关心生活中的各类事情。我小时候特别喜欢看蚂蚁搬家。一只死了的蜻蜓，被一只路过的蚂蚁发现了，它先闻闻蜻蜓，然后，很快就走了，过一会儿这只蚂蚁带了一队蚂蚁过来了，这时的蚂蚁不再是瘦瘦的黄蚂蚁，还有大头黄蚂蚁，这大概是军官，然后这队蚂蚁就开始搬蜻蜓，众蚂蚁齐心协力，居然将蜻蜓移动起来，它们将蜻蜓当食品搬进洞去。这种有趣的事情，要注意观察，说不定就可以写到作品中去。

最近几年，我经常外出旅行。旅行是写作者观察更广大的不同地域的风土人情的好机会，一切都是新鲜的，可以用眼睛不停地把它记录下来。譬如，我在去莫斯科的飞机上，从飞机的舷窗看外面的云彩，这是八千米高空的纪录，从下午6：04到7：55的云彩变化。后来，我写了一篇散文叫《高天云日》。我刚从北欧回来，从飞机上往下看丹麦的波罗的海，海水像毛玻璃一样，靠岸的海水绿茸茸的。而我从澳大利亚的天上看，澳洲的海碧蓝碧蓝的，有的深得发黑，有的是浅浅的淡蓝，还可以看到海底的鱼与礁石。还有太平洋、印度洋、大西洋以及马六甲海峡、地中海等等，如果细细看都有不同的地方。这些我都写进了作品。同样，在日常生活中，

譬如一朵花、一只鸟，如果只写个印象，"花儿多美啊""鸟儿多可爱啊"这类词句，那么这花怎么美？这鸟怎么可爱？你写得不具体、不真实，就没有现场感。我家阳台上有一盆蓝鸟，它开的花很特别，如果不仔细看，粗看就是白花。如果细看，就丰富多彩了。这花早晨有花朵，中午就开了，下午就谢了。你看我观察的这蓝鸟花，是这样描写的："尖尖的花苞像只鼓翅的绿蚱蜢"，开花的情景是这样描写的："这时，一片花瓣儿弹了开来，弹了三次，也就是眨眼之间，三瓣花开了。仔细看，外层三瓣是白色瓜子型，平展地舒放着，花瓣底部内侧是浅黄色衬托出毛茸茸的褐斑纹，内层交叉还有三瓣是卷曲的，紫色斑纹，也是毛茸茸的，花心是一束白箭尖，镶着绿丝线纹。"这是蓝鸟花精细的美，如果不留心看，是写不出来的。还有鸟，我写过一篇鸟的散文。我养过鸟，每天为鸟喂食、洗鸟笼。我养的是"叫凤"，因为它从早到晚叫个不停，所以得名"叫凤"。这鸟的样子，我是这样写的："这鸟其形娇美，腹部淡蓝、墨羽、下颌深蓝斑点、黄喙、豆眼。雄鸟白凤头，长尾巴。雌鸟细纹花冠，短尾。"这样的描写，使这叫凤形象地活在你的眼前了。

　　生活是写作的源泉，没有生活的启迪是写不出作品的，更写不出好作品，凭空想象是不行的。只有我们处处关心生活，看到别人看不到的东西，然后写下来才可能算是独创的。我在丹麦看到了安徒生的铜像与哥本哈根入海口的小美人鱼。安徒生是世界级的大作家，在这个世界上能够使作品家喻户晓的也只有安徒生了，他的童话《海的公主》《卖火柴的小女孩》《豌豆上的公主》《丑小鸭》《皇帝的新装》《拇指姑娘》等等流传全世界，

我在他的家乡哥本哈根感受到丹麦人对他的无限崇敬，他的《海的公主》中的小美人鱼不仅在海边竖立着，还到过我们上海的世博会，小美人鱼的纪念品为所有旅游者喜爱。安徒生出身穷苦的鞋匠家庭，自学成才，对穷人、弱者非常同情，关心底层人的生活，对皇帝权贵进行了无情的鞭挞，所以才写出这些名著来。有时有些名著的出现似乎是偶然的，其实是长期积累偶然得之。我在丹麦看到一个城堡，它的原名叫王冠堡，这是丹麦与瑞典隔海相望最近的地方，不过4公里。那时，丹麦与瑞典为争夺北欧霸主地位，经常打仗，丹麦的王冠堡就守在入海口上，大炮对着海面，有瑞典船只经过就开炮或者收取来往船只的通行税。这实质是军事要塞，我参观了堡垒中的作战指挥所，还看到许多城堡上的青铜大炮，还有关押瑞典士兵的地牢、水牢，最下层的地牢是关押瑞典军官的，阴森黑暗，一股寒气。当然，现在丹麦与瑞典不打仗了，军事对峙的区域也没有了，我从瑞典乘游船过来也不过20分钟，船上的北欧人坐在船舱内吃着西点，喝着啤酒，孩子们欢声笑语，两国边境上通行无阻，没有出入境检查，让我感到和平真好。就是这座古堡，英国商船曾经过这里，并将在这座古堡的见闻带到了英国，引起了英国大戏剧家莎士比亚的注意，他由听来的故事，想象并写出了一个传世的剧本《王子复仇记》，哈姆雷特来到了这座城堡，王子在城堡与父亲的亡灵相遇。因为《王子复仇记》的影响巨大，这座城堡就被叫成"哈姆雷特城堡"。城堡上有一莎士比亚的浮雕头像，我在那里与莎士比亚头像拍了一张相。同样，我在法国巴黎圣母院参观时，又想到法国大作家雨果写的长篇小说《巴黎圣母院》，雨果多次去过巴黎圣母院，一个偶然的

机会，他在教堂塔楼间的暗角里看到用希腊文字母写的"命运"，他就由此写出这部世界名著。其实，这不是偶然的现象，而是对现实生活长期观察之后，有一个迸发的点，这是艺术的灵感一闪而形成的。这些道理我不去多讲，你们可以在写作中慢慢去体会。

第三，有爱心，要劳动。

先讲一个雨果的故事。雨果是法国最伟大的作家，我在《文学报》登过一篇《仰望雨果》就介绍了这个作家，除了上面我讲的《巴黎圣母院》之外，他还写了《悲惨世界》《九三年》《海上劳工》《笑面人》等等。雨果的作品都是为穷人而写的，他写作时不是坐在椅子上写，而是站着，他就站在一张高高的小方台上写。他死前写下遗嘱：我将5万法郎留给穷人。我要求用穷人的灵车把我送进墓地。所以，热爱这位大作家雨果的民众称他：为穷人站着写作的英雄。雨果在心里一直爱着人民，特别是穷苦的人。

现在，我们说说这个故事。这是1884年9月20日。雨果在一个小镇的饭店内设宴招待全镇最贫穷的100个孩子，最小的不足3岁。宴会之前，还举行了抽奖，共设奖金500法郎，人人有奖。宴会开始了，乐队奏起了《马赛曲》，这时雨果入场，这个镇的镇长向雨果致辞，镇的小学教师带领学生朗诵诗歌，雨果与小学教师握手，并做了一个简短的发言。

我亲爱的孩子们：

　　我来到了沃勒，来到了你们的家乡，所以，请你们迎接我，就像在我家里我的孙子乔治、孙女让娜迎接我一样。你们也是我

的孙儿孙女，在你们面前，我只是一个老爷爷。

你们还都是小孩儿，你们在笑，在玩，在享受快乐，这是个幸福的年龄。好啊，你们是否想——我不说永远幸福，因为你们以后会知道这并不容易——是否想永远不要不幸？如果是这样，只需要做到两件事，两件简单的事：有爱心，要劳动。

要热爱你们身边的人，今天你们好好爱你们的父母，以后将学会爱你们的祖国，爱法兰西，这是大家的母亲。

以后，要劳动。现在你们要学习掌握本领，学会做人，你们好好学习了，让老师满意了，就不会再淘气，就不会再一心想着玩。学习吧，你们会感到心满意足的。

我们心里满足了，我们开心了，就不会觉得不幸。

现在呢，我各位亲爱的小客人，我们只需在一起享受快乐，请你们赏脸参加我的午餐会，给我好好吃一顿。我和你们在一起觉得很快乐，我想你们也一定会觉得跟我在一起也很快乐。

雨果的讲话结束之后，一只只小手高兴地鼓起掌来，这时，雨果坐了下来，四周有74位小宾客，由一个饭店女服务员和雨果朋友的三个女儿负责招待。

雨果这个大作家给孩子们主要讲了两句话：有爱心，要劳动。做到这两件事就会永远幸福快乐，就不会觉得不幸。是的，这两句话对我们在座的同学来说，也是应该牢牢记取的。首先我们的父母对我们都是无私地全

身心地呵护着，我记得小时候我的家境困难，衣服常是老大穿了老二穿，我就穿姐姐穿过的旧衣服，但是，每到过年，妈妈总是给我们兄弟姐妹做一身新的棉袄棉裤，还有新的棉鞋，鞋底是我妈一针一线纳出来的。那时，没有大米吃，只能吃红薯、玉米饼，最让人不愿意吃的东西是用麸皮烘的糠饼，这东西咬起来像坚硬的石头。我妈怕孩子们不吃，掺了一点糖精，饼有了一点甜味，但我还是觉得难吃。不管怎么穷，在妈妈身边总有着难以想象的温暖，因为我们爱妈妈，妈妈爱我们。我们觉得幸福快乐。同样，我与兄弟姐妹们的学习也很自觉，从来不要大人操心，平时上课极其认真地听讲，下课从不复习，小考小玩，大考大玩，我们觉得读书很开心，没有让学习成为额外负担。课外就是玩，看课外书，学拉二胡、下象棋、五子棋、跳棋、游水、画画。我知道了二胡演奏家刘天华，学会了《空山鸟语》《光明行》《良宵》《病中吟》等曲子，就用上初中时买的一把1.7元的二胡。我喜欢写诗，写在一个小本子上。我们兄弟姐妹五个人，也非常谦让、互爱，一旦有好的菜，谁都不带头举筷，只有爸爸动筷了，我们才动筷，爸爸爱喝酒，他下酒的菜我们绝不吃，爸爸最辛苦，他每天要打煤球、炭饼，还要送货，爸爸不能倒下。爸妈的话我们兄弟姐妹都绝对听，因为爸妈为我们好。爸妈的言行，以及我在小学、初中自己的努力，我的作文常常在班上被当作范文来念，这些都影响了我的一生，使我能成长为一名教授、作家，学会做人。

　　父母教育我们：在困难的时候不屈服，在人生不如意时不灰心。父母虽然为了子女活得艰难，但，从来是站着活着，不低三下四。这种品格，

我继承了下来，我大学毕业之后，就被送到工厂劳动去了，那时是"文革"，你们不懂，但，你们懂得那不是学有所用，我学的戏剧创作，却去背电工包修厂里的电器，这是逆境，我没有被压垮，我依然偷偷读书，读完了《中国通史》，读完了契诃夫的小说集。我爱自己的国家，我相信我的中国有希望。最后我的坚持没有白费，我终于成长为一名作家，我终于能在大学的讲台上讲课。坚持不懈必然有所作为。我相信，在座的小朋友只要坚持不懈地写下去，有一颗爱人、爱祖国、爱劳动的心，你们一定会成功。

最后，祝小朋友努力成功！

2013年7月3日下午五时，完稿于德阳花苑墨海居

怀念文章

记住任大霖

日子真快，转眼之间任大霖离开我们都要 20 年了。我不知道还有多少人在惦念他，不过，说真的我是时常想起他的，我觉得我与他的交往仿佛就是昨天的事情。我与大霖的相识最早可以追溯到 1975 年，他曾主持《朝霞》编辑部工作，我与胡万春、赵自、唐铁海曾一起深入梅山铁矿、大屯煤矿、铜陵铜矿体验生活，为这本杂志写稿。我写的一篇散文《孔雀石》后来被编在散文集《潮上花》中。我与他更多的交往是 1979 年调入复旦大学分校任教之后的事。那时，他在上海人民出版社文艺编辑室任主任，时隔一年调到上海少年儿童出版社一面创作一面参与编辑，后任总编，其实他在"文革"前一直是在少儿社工作的。我与他之间的身份有了特殊的概念。他的儿子哥舒考取了复旦分校中文系 79 级，正巧我是这个班的班主任。起先觉得哥舒这名字不错，后来才知还有故事。许多人都知道，上海儿童文学界闻名于世的"任氏兄弟"，是指任大星与任大霖，两人都是著名的小说家，都是既写成人小说又写儿童小说的，大星晚年还写过不少爱情小说，前几年作协还为大星出过一本爱情小说《婚誓》，如今大星依然不服老，执着笔耕，时有佳作。说起当初，大霖最早用的别名叫任舒，大星用的别名叫任哥舒，其意是大星是大霖哥哥，两人相伴相依不分离，可谓兄弟情深，待得大霖得一独子，爱宠有加，大星就将自己别名赐予兄弟爱子，这段文坛佳话也让人动容。若干年之后，哥舒继承父业，出任《少年文艺》

执行主编，如今在总编室审终稿，也是儿童小说家。自此大霖以家长的身份，见面就喊我：张老师。而我的内心却视他为良师益友的。

20世纪80年代初期，我小说创作正盛，日书五千，中篇频出，每有新作必送大霖过目指点，我心服他的眼力。首先他本人就是杰出的小说家与散文家，他深受鲁迅影响，又有浙东乡土生活体验，文笔优雅而老道，叙事写人乡味浓郁，他既能写成人小说，又能写儿童小说，而且每写都必精妙，所写儿童小说成人与儿童都爱赏读。此刻，我的办公桌上，就放着九本大霖从1979年冬至1989年夏签送我的书，它们是《蟋蟀》《童年时代的朋友》《少先队员的心灵》《心中的百花》《哥哥廿四，我十五》《喀戎在挣扎》《任大霖散文选》以及两本他的创作理论集《我这样写小说》《儿童小说创作论》。《蟋蟀》是大霖签送我的第一本书，由人民文学出版社1979年10月版，这是他从1951年到1965年出版的10个集子计80余篇作品中摘的精选本，共22篇，我极其认真地读完了每一篇，几乎每一篇都作了眉批与随感短语，后来，我写了《中国儿童小说风格简论》，最主要的内容是评论他的作品。因我的主业是在大学讲授《儿童文学研究》，那时，我是一个年轻的讲师，并成为文化部组织的西南、中南、华北、东北讲习班讲师团成员，随陈伯吹、叶君健、任溶溶、黄庆云、洪汛涛、郭风、肖平、葛翠琳等一起讲课，我讲课的内容就是这篇论文。我还写过两个单篇评论《评"芦鸡"》《任大霖的儿童小说》。他的《蟋蟀》获得了应有的荣誉，被评为文化部评选的第二次全国少年儿童文艺创作评奖一等奖。另外他还是一位出色的编辑家，他既编成人文学作品，又编儿童文学作品，历时30年

阅稿无数，受他点化的大家、名家、好手无法统计，单是秦文君的破茧而出，就是他一手发现与培养的。我的稿能给到这样的人手里，岂能不放心、不安心、不开心？幸运与荣幸是说不完的。

我与大霖有着许多共同的话语。那时，全国与上海市儿童文学界活动很多，我与他时常碰面，每次见面都有说不完的话题。除了交换哥舒的学习情况之外，主要还是聊各自的创作。他脸色青白，说话严肃而认真，有时说到在意处会晃晃脑袋幽默地嘿嘿一笑。其实，他还是一个快乐的舞者，我在作协与少儿社组织的舞会上多次见他跳探戈，一板一眼幽默而有趣。我与他已经无话不谈，说起来很是投机。每次他看完我的稿必写一信，许多我都遗失了，仅存三封，一封写于1982年11月17日晚，全信照录如下：

锦江同志：

　　大作《夕阳无限好》一口气读毕，感到亲切、生动。老将军的形象比较真切自然。文中不少细节相当有趣，既有生活气息，也有哲理性。

　　比较起来，似上半部更为动人，老将军的思想感情更为"立体"一些；下半部写重返军舰，思想性加强了，人物性格反似"单"了一点。

　　总的说，是一部不错的作品。

　　我有几点具体建议：

1. 题目《夕阳无限好》，似乎"大路"一些，报刊上见到此题者不少。能否改一个新鲜、有趣的？

　　2. 能否在适当的地方，加上一笔，说明将军离休后，党组织仍然关心他们，有时也请去开开会，请他们作作顾问。只要一个细节交代一下即可。

　　3. "游成都"似过于散文化，可略作压缩。

　　4. 最后将军"结婚"一点，我意不必明写，可写出女医生经常来关心他，帮助料理家务，让读者自己去联想是否更有味？

　　5. 全稿错字不少，最好细细通读一遍，一一改正。

　　你看怎么办？稿子还是等你稍作润饰再寄，还是现在就由我寄出？我想寄《江南》，由我写一推荐信。

　　接此信后盼联系。我星期五上午在出版社。星期六下午及星期天在家。下星期一在出版社。

　　匆匆，祝

　　好！

任大霖
1982年11月17日晚

《谈儿童小说的乡土味》附上。

读后颇有启发。

我记得当时读完这封信，掩信而泣。大霖的殷切、深情、细致入微跃

然纸上。知我者，大霖也。我与他按约见了面，一见面他便说了这样一句话：这是一部打得响的小说。后来，事实证明他的判断与意见是如此中肯而准确，此稿又送给哈华与北京作家毛志成过目，他们的意见也与大霖不谋而合。毛志成将此稿推荐给了《当代》，随即被《当代》看中，并惊动了秦兆阳、孟伟哉，题目改为《将军离位之后》，我赴北京住人民文学出版社招待所，按各方意见修改，包括大霖意见在内，一星期没日没夜地改完了全稿。1982年《当代》四期头题刊出，《文汇报》《文学报》《解放军报》立即发了报道与评论，这部中篇也成了我的代表作。大霖信末附言中提到的《儿童小说乡土味》，是我参加讲师团上课论文的其中一部分，发在《儿童文学研究》上，主要讲任大霖、任大星、谢璞、浩然的作品比较。

这年，我在吴淞海军基地营房又写了一部中篇《海蛇》，还是请他先看，这里又是一封他写的信：

锦江同志：

信悉。

《海蛇》塑造了新一代水兵的形象。艺术上也有新意。总的来说是成功的。

我感到对人物的描写，还可含蓄一些，尤其是对那位反面人物。

另外，如改编电影，恐怕在情节上还要增加一些，丰富一些。

欢迎您来玩。

匆匆，祝

撰安！

           大霖

          9月25日

  这信没有注明年份，我推算是1982年的事。中篇小说《海蛇》按他意见作了修改，发在《萌芽》增刊，不久，以《海蛇》为书名的我的第一本中篇小说集由重庆出版社出版，陈伯吹先生为书作了序。

  这里还有一信，也不妨看看：

  张锦江同志：

    您好。

    大作拜读。感到题材新颖，生活气息浓郁，文笔活泼清新，颇不一般。

    不足之处，结构似松散一些。作为中篇，主要情节似单薄些。

    意见不成熟，只是一种直觉。

    匆匆，祝

    近好！

            大霖

           元月22日

  这是一篇为儿童写的中篇小说《失踪的鱼鹰》，是应河南少儿社编辑

陈丽所约，她要给我出一本儿童文学中篇小说合集，我意刊物上先发一下，便寄给了天津《儿童小说》被退回，言称：情节不是一环扣一环，不宜连载。后稿子转到《巨人》的朱彦手里，立时答复：留用，待发。可是，不久《巨人》因故暂停发稿了。某天，我在文艺会堂参加儿童文学园丁奖发奖会，朱彦碰见我便说："你这部稿子，特别上半部，我是带着欣赏的目光来阅读的。可惜，只能退给你了。"就这样只能出书了，我请大霖为书作了序。大霖的序里借评说我的小说，说了一些关于儿童小说创作的主张，今天读起来仍然有所教益。这里仅摘两段："这些作品题材内容比较广，有城市生活，有农村生活；有儿童生活，有成人生活；有抒情的诗情画意，也有剑拔弩张的战斗场景。总之，这些小说没有局限在儿童的生活琐事之中，没有局限在'真空的'（即脱离现实社会的）所谓'儿童世界'之内，也没有局限于单纯的道德说教（例如配合'小学生守则'第几条）的图解模式之内。它们所反映的生活是现实的，所接触的问题是严肃的。我相信少年读者在读了这些作品以后，会受到启迪，开阔眼界，增进对生活的理解。""我历来主张儿童文学作家同时也应当写一些'成人文学'作品，这对提高儿童文学的素质是有好处的。我更主张儿童文学作品不应当仅仅由儿童文学作家来写，所有作家（包括那些著名作家）都应当抽出一定的时间与精力，专门为孩子们创作一些作品。儿童文学有它的特点，但也不必过分强调，把特点神秘化。因为儿童文学首先是文学嘛。"

　　大霖坚持不懈地宣传自己的儿童文学创作主张，我曾邀他去我任教的上海大学文学院中文系讲过儿童小说创作，后来他讲的内容收在了《儿童

小说创作论》中，这是一本至今为止从作家角度讲述的最为完整、最为系统的儿童小说创作理论专著。这本专著获得了全国优秀少儿图书奖和全国儿童文学理论奖。

大霖还是中日儿童文学美术交流上海中心（后改为上海中日儿童文学美术交流协会）的创始者之一，我是他们活动的最早参与者。日本作家朋友与他结下了极其深厚的友谊，1995年6月8日，大霖去世的消息传出，不少外国朋友发来唁电、唁函，曾翻译大霖多篇作品的日本翻译家片桐园，用特快专递寄来了她的悼念诗："请问，天堂离上海多远？请问，那里国际交流盛不盛？咱们能不能够再团聚在国际天堂里？我也去那里，跨过彩虹赶着见您去。"读这诗谁能不动容。如今，哥舒出任学会副会长，每年的活动我都去参加，与会者时常提及大霖，我更不会忘记他，我会永远记住大霖！这时，我想起大霖常告诫我的一句话：一个作家的创作要有后劲。我记住了这句话，至今仍细水长流地写着。

2014年2月13日上午草于坤阳国际大厦墨海居

散记叶君健

当时，儿童文学界称得上为"老"的人，只有两位。一是陈老，即陈伯吹先生，又称陈伯老，另一人，就是叶君健，我喊他"叶老"。这二老，是儿童文学界引以为荣的两座老泰山。我见到他们时，正是他们享受"老"字等级的时候。那时，我刚刚40出头，还算年轻。关于陈伯吹先生我已写过多篇纪念文字，这里我只想回忆我与叶老的相识与交往。

那是1982年夏季里的一天。我与叶老在沈阳见面了。准确地说，我见到的是一个团队。这年3月，我接到文化部少儿司的一封邀请信，信上说6月中旬至8月中旬，会同辽宁和四川两省出版局、出版社、文化局、作协分会等单位联合举办东北片和西南片儿童文学讲习班，吸收和这两省相近的10多个省、市、自治区的100多名儿童文学作者参加。邀我为两个讲习班讲授：儿童小说的成人形象描写及儿童小说的流派。所以，我应邀而来，是参加这个讲师团。在这当中，除我是名不经传的大学讲师之外，其余都是儿童文学界享有盛誉的名家，他们是：叶君健、陈伯吹、黄庆云、洪汛涛、葛翠琳、任溶溶、肖平等。我与陈老同行，乘的火车，其他人已先期到达。

陈伯吹先生将我介绍给叶君健说：这位是年轻的讲师张锦江。叶君健握了握我的手说：这么年轻。他哈哈一笑。叶老笑声很爽朗。这是一个身板厚实、身材高大的老人，他倒梳一头白发，露出紫棠色圆脸上的大脑门，上身一件灰色衬衫，半卷着长袖，黑长裤，胶底黑布鞋。他的脸一直堆着善意、

宽厚的笑容，他的随意显得平易近人，打消了我的敬畏之心。

　　第二天早晨，我们就一起散步了。我们似乎是一见如故的朋友，似乎没有年龄之间的差异，很谈得来。他的步速很快，我跟着他，尽量与他并肩而行。我们在花园的鹅卵石铺就的花径之中穿行。那里还有一段城墙，我们又上了一条大路。我们谈得杂乱无章，随心所欲，东拉西扯，轻松闲聊。年代已久，我已记不清说的什么，我这人没有打算过记下别人说的话，也不想胡编，特别是叶老这般老作家，我不想靠这个作文。因之，我们说的话，只有那时的风知道，夏日早晨的风是清凉的，微微的，让人放松而舒爽。我曾努力回忆过我们讲过什么，居然一句原话都记不起了。但，有一天，见他在房间内，他赤着膊，穿着短裤，光脚趿着拖鞋。我说，叶老，你身体很健壮啊。他一脸笑道：我是老人了，哈哈。这原话我记得清清楚楚，他的音调神态还在我记忆中鲜活着。这是一句多么朴素无华而谦逊的话，能让人一辈子记住。想想今天那些老来猖狂的人，还有那些未老猖狂的人，他们说了多少废话呀。

　　我们在沈阳数日，除了讲课，还参观了沈阳故宫、周恩来在沈阳东关模范小学读书的地方等。在那个保存完好的教室里，叶老规规矩矩坐在周恩来曾坐过的位置上拍了一张照，我注意到，他还仔细地抚摸了面前的课桌。

　　之后，我们同机由沈阳经北京飞往成都。平生第一次坐飞机，还是坐的三叉戟，那种新鲜、兴奋自不必说了。我观察着机窗外云彩的变化以及机舱内的细微动静，还看到一只飞来飞去的苍蝇，我用圆珠笔记在一片小纸条上。后来，这成了我写作中篇小说《将军离位之后》时描写的细节。

这部小说在《当代》刊出后，我寄给了叶老，他回了我一封信。其实，这部小说中还有一些生活细节，是我们在成都讲课期间，一起去峨眉山获得的。峨眉山的金顶海拔 3077.96 米，我陪叶老、陈老只爬到半山的清音阁，就停了脚步，就地夜宿。记得我们三人在那里拍了一张照片，三人都坐在一块突兀的山石上，陈老居中，拄半截竹竿，左是叶老，右是我。背景是一顶山亭与一弯小桥。这张照片我至今珍藏着。清音阁是一佛阁，我们作为贵宾，在佛阁二楼就宿。楼板年久失修，隔壁香客的地铺，一翻身就咯咯地响，我睡不着，半夜听到雨声，起身一瞧月光如水，是山泉喷流的声音。这些后来都成为了小说情节。我去北京修改《将军离位之后》时，说给叶老听，他听得哈哈大笑。

这又一次的见面，是在北京地安门恭俭胡同 6 号。那是 1983 年的 3 月，我住在人民文学出版社招待所，为《当代》修改《将军离位之后》。一位编辑陪我去他的家。他的家居环境的简陋，让我吃惊。他在一个小小的客厅里接待我们，其实，不能算厅，只是房间之间的过道而已，那里放了一张小方桌。正巧，我内急要上厕所，一扇狭小的门，必须侧身而进，其内斗室，只能立足一人。叶老似乎对他的蜗居并不介意，依旧哈哈说笑。在那里我见到一张《泰晤士报》，上面一整版是叶君健的大幅头像，如毛泽东主席节日刊在《人民日报》的标准照。这是 1981 年 7 月 10 日出版的报纸，用几个整版的篇幅介绍叶君健的近况，以及他在 1947 年 7 月用英文写作出版的长篇小说《山村》。其实，他是享有世界声誉的大作家。我们不妨简略地看一下叶老的文学成就：早年他用世界语写作小说，结集出版了《被

遗忘的人们》。此作品在国际世界语文学史上占有一席之地，被国际世界语领导人拉本纳称为"世界语无产阶级文学的一个重要部分"。二战期间，他应英国战时宣传部之邀，在英国各地巡回演讲介绍中国抗战事迹，开始用英文写作长篇小说《山村》。二战结束后，他在剑桥大学学习、研究期间，用英文写作出版了短篇小说集《无知的和被遗忘的》。不久《山村》也出版了。这部小说随即流行世界各地，在欧洲大陆就有十四五种主要文字的译本。在东方，印度和印尼也有译本。1949年回国之后，他主编《中国文学》，又陆续创作了长篇小说《土地》三部曲（《火花》《自由》《曙光》）；《寂静的群山》三部曲（《旷野》《远程》《山村》）（其中《山村》是旧作）。他还写了儿童小说《小仆人》、童话集《真假皇帝》、散文集《两京散记》、评论集《西楼集》等。更值得一提的是，他是中国第一个从丹麦文翻译，并系统全面地介绍安徒生童话的翻译家与作家。他翻译出版了《安徒生童话》十六卷本全集。据悉，在全世界有80多种安徒生童话译本，叶老的译本是最好的，并是因之获得丹麦女王颁发的"丹麦国旗勋章"的唯一译者，也是安徒生与叶君健作为作者与译者，因一部作品先后获得同样勋章的唯一先例。他为人低调，不屑声张，国内知晓他与他的作品的人并不多。倘若是今日一些所谓的大师，不知炒得如何惊天动地、家喻户晓呢。

我们的交谈很平淡，他送了一本中文版的《山村》给我，扉页有他的赠签名。就是这样一位获得世界殊荣的大作家、大翻译家，住在这套陋室内一直到80高龄，才分到一套三居室，才有了一间属于自己的书房。然而，五年之后他就去世了。那天，我出了他的家门，走在灰色的胡同里，我觉得我似

乎在读《今古奇观》。

回到上海之后，我认真品读了《山村》。作品写得极其细腻，有身临其境之感，行文如诗泉般流淌着。我想给叶老写封信，我想写一篇叶老作品的评论。这是这年5月上海的初夏，这是5月13日寄出的那封信。这是在我家的一张唯一的饭桌兼书桌的方台上写的。这底楼一家四口简陋的单间内，散发着黄梅天的霉味。5月18日就收到了叶老的回信。

我必须全文照录这封信的全文。

锦江同志：

接5月13日来信。拙作《山村》你能在百忙之中抽出时间读完，很感谢！你的赞誉，我实在不敢当。这是一本关于平凡人的故事，也没有什么了不起的地方，只是这个题材还没有人写过，写法也与国内一般小说不尽相同，平淡得很，也许有些人会不习惯，你能欣赏，实在难得。它在国外也只流行在知识分子和严肃作家中间，不属于通俗与消遣之类。不过它一直在国外重版，至今生命尚未终止。国外读者和作家对此书所感到兴趣的，不一定是它的革命内容，而是所写的"人"，人的感情，人的心灵，心灵的美与善良，以及行文中所表现出的抒情风格和诗。它在国外是被当作一部"诗"而获得生命的。我写它的意图无非是想把一些平凡中国人的生活、感情、斗争形象化地介绍到世界人民中间去，希望他们真正了解中国人民——看来这个目的是达到了，书后有一篇附录"关于《山

村》",里面引了一些国外世界知名的作家的评论,你如写文介绍,可供你参考。我是1944年在国外开始酝酿内容,只因战时生活不定,1945年第二次世界大战结束后我迁居剑桥大学,才开始执笔,1946年完成,1947年在伦敦出版。

专此问好!

叶君健

5月18日

看到这封信之后,我又反复研读了由他夫人苑茵写在《山村》书后的附录"关于《山村》"。那些世界知名评论不断出现在我眼前,我这里摘录几段吧。北欧当代著名小说家、诺贝尔文学奖获得者霍尔杜尔·拉克斯奈斯在他为这部小说的冰岛译本所写的序言中说:"我觉得中国叶抓住了实质。……中国在这本书里被浓缩在一个小村里,但这丝毫也没有削弱这本书的意义。读者可以集中地在这里看到那最初阶段的一些变化和在这个世界上一个超级庞大的国家里的革命在农村中如何开展……把这部具有真实意义的小说用冰岛文介绍给冰岛的公众,我觉得我做了一件有价值的工作。"挪威作协主席、剧作家汉斯·海堡在他翻译的挪威文译本序言中说"这是一本那么朴素、那么优美,也可以说很天真的小说,但它确是非常真实的。在它的安静的叙述中,充分地表现出对于人和人性的深刻的理解。它充满了幽默和温暖,你可感觉到它里面一些人物的心房的跳动。它告诉你任何英雄小说所不能告诉你的东西。就我个人来说,我得承认,我每读它一次,

我和它里面的人就更感到接近，更感到亲热。他们是活着的、真正的人……当村子睡着了的时候，当月亮镶在天空、人们和大自然似乎都在静静地休息的时候，要讲述这时所发生的事情，那得由一个诗人去作。"丹麦著名女作家苔娅·莫欠克在评论叶君健的《山村》时说："一个不满30岁的作家居然能写出这样成熟的作品，实在令人不可置信，但这是事实。他的多个句子都写得简洁、清楚，表现了他的聪明。全书是建筑在一系列独立的篇章之上的，每个篇章都可以单独地阅读，但它们中间却贯穿着一个主要情节和一条红线。它们所展开的巨大场面紧紧地把读者抓住了，使他们迫切地想要知道这些人物的命运和那个静静地观察这一切活动的那个小男孩的想法。……我一点也不奇怪，这部小说在许多国家取得了那么大的成功。它在一长串的文字中都有译本，最近又出了一个南斯拉夫的译本。这个译本在那里也掀起了巨大的兴趣，而这也不是偶然的。"看了这些之后，我沉默了，我哑言了，我犹豫了。我觉得我的举止盲目冲动，我的承诺过于轻率，我又写了一封信，想要叶老的《土地》三部曲，再好好研读。这是上海八月的夏天，我汗淋淋地伏在方桌上写了那封信。是8月7日寄出的，8月17日就收到了叶老的回信。

我们再看看叶老这封信的原件。

　　锦江同志：

　　　你好！

　　　8月7日信收到。我去长春参加首次全国儿童剧会演，昨天

才提前回京，你的信还是迟复了。

　　承你关心，要评价我的作品。不过我那部《土地》三部曲太长，光看一次就得花时间不少，不一定值得。此书印数各两万左右，市面没有出现过。我所得到的几本赠书，也早光了。第一部《火花》有一本是我想通读一遍，改正错字；第二、三部本是美国於梨华要的，但她搬了家未通知我，书被退回了，勉强凑齐，在此寄你。这已是旧书，但我还得保存，作为留底，所以你看完后，还希望便中还我，将来该书如有重版机会，再送你一套新的。

　　哈华同志（作者按：时任《萌芽》杂志主编）好意，愿考虑我的译稿，但目前我的工作奇忙，一刻还不能动笔。将来再寄你一些。便中盼向哈华同志致意。

　　匆匆专此问

　　好！

叶君健
8月17日

　　不久，我收到了叶老寄来的书。这是厚厚的三本110万字的长卷。除了第一卷外，其余两卷的扉页都有赠於梨华夫妇的签字。於梨华可是著名的华裔美籍女作家，这书的分量可想而知了。

　　我展读这幅长卷，眼前越来越清晰地显现出一座高耸的大山，这是一座难以逾越的大山，我倘若是山鹰也飞不到山顶，何况我不是山鹰。我欲

飞去，却力不从心。我退却了，我决定不再提为他写评价的事。之后，我们因参加在昆明、石家庄、烟台等地的全国性的儿童文学会议，还有了多次接触的机会，但我没有再说起这评价的事。我心里有愧，我对一个世人尊重的作家说了大话。我甚至不敢看那双终日笑着的眼睛。我们还有过几次通信，这些信以后有机会还会公布。直到1993年夏季我才有了一次去北京的机会，我从儿童文学评论家陈子君那里知道了叶老患病的消息。听说是一种怪病，骨头不能碰，一碰就骨折。我行程匆匆没有去看他。后来又听说病好了，但是人的生命是不可逆转的，1999年1月5日他离开了这个世界。我给他的家里去了电话，他的夫人苑茵接的电话，我说了安慰的话，我无能为力只能说这种话。我的错误却是这三本长卷还留在手里，我没有按嘱归还他。我寻思我该怎么对他夫人说呢，不过，我定会亲手将这三卷书面交他的家人。

在写这篇文章时，我想起了一个对作家的生命的说法：有的人活着，作品已经死了。有的人死了，作品也死了。有的人死了，作品还活着。我想：叶君健这个名字与他的作品，"至今生命尚未终止""它在国外是被当作一部'诗'而获得生命的"。

2010年3月29日下午完稿于东方飘鹰花园墨海居

柯岩大姐，你在哪里

昨夜，我在《新民晚报》看到了一条极不想见到的消息：著名女诗人柯岩去世。我喃喃自语，我不知所措，我丢下报纸在房间内莫名地走来走去，柯岩走了，柯岩走了？！我的脑海里依旧是那个剪着短发，长着胖胖的圆脸，精力充沛、性格开朗、笑容始终的形象。柯岩怎会离世而去呢？很久疏于联系了，都因这些年我忙于办学，我曾多次打听过她的情况，也寄过贺年片，均无音讯。但，两年前我在《文艺报》见到了她八十寿辰的报道，很隆重，得知她一切都好，也就放下心来。其实，我一直惦念着这个与我有过一段交往的女诗人。

大约是1985年的秋季，我参加全国儿童文学创作研讨会，是在烟台临海的一家宾馆，会议规模很大，时任文化部长的王蒙也到会讲了话，会议期间晚上安排舞会，在舞会上我认识了柯岩，她很随和，也无名家的派头，虽然她的儿童诗集《"小迷糊"阿姨》早在1961年就由作家出版社出版而声名远扬了。之后，她的长诗《周总理，你在哪里》又使万人悲泪纵横。她邀我跳了一支舞，我跳舞是三脚猫，只能三步四步混混，不过在她的带舞下，我似乎变得很熟练，与她跳，并不紧张，很轻松自如。乐曲终了，一曲又起，我也邀她跳了，我说，柯大姐，你跳得很好。她说，哎，不行。我们边跳边聊，说了许多话，年代已久，忘了。一天早晨，我散步到她住宿的地方碰见她，我与她打招呼，她邀我到她房间坐坐，我见与她同住的

文化部少儿司的常荣正在打扫房间，便与她聊了几句，我说，柯大姐我们合影好吗？她马上喊：常荣，快快快给我们拍一张。常荣立即丢了扫帚，拿出照相机给我们拍了一张。之后，这张照片寄我了，是一张黑白照，我一直珍藏着，在出版我的文集时放在了书的前页上。在这期间，我邀请她说：请你来我们学校讲讲课。她当即答应了。那时，我在上海大学中文系任教，我时常在我的教学过程中邀一些知名作家来讲座，很受学生欢迎。会后我一直等待她的上海之行，我曾去过几封信，因为我邀柯岩来讲座的安排得到了系里、院里的大力支持，作了充分的准备。我这里保存了柯岩的三封信，一封是1986年9月23日写的，全信如下：

锦江同志：

久不见了，近好！

我10月下旬到11月初要到苏州、杭州讲课。我还记得你在烟台对我说过：希望我也能到上海，到你们学校去讲讲课。如果你的计划未变，可安排在这段时间，我整个日程一共12天，所以在上海只能耽搁2-3天，我还与福利会《儿童时代》有点事，你看，这时间对你是否适合？讲课内容，可以是通过《寻找回来的世界》从生活到创作谈到生活、提炼、构思……等一些创作问题，也可以是你们更感兴趣的问题，等你来信后再定。

我10月上旬在北京，有信请直接寄……（作者按：删去地址与电话）。

小梅（作者按：《儿童时代》编辑盛如梅），我不另外写信了，她给我寄来的照片收到了，谢谢！请你把上边我的大致日程转告她。匆匆
　　握手！

柯岩
9.23

　　我终于等到柯岩确切来沪的信息，我随即回了信，照她的安排进行。10月17日又收到她的来信，全文如下：

锦江同志：
　　来信收到。
　　我大约27日到沪，讲课时间可安排在28日或29日，我30日赴金华。
　　我到沪日程，可与《儿童时代》盛如梅同志联系。我去前可能给她打电话。
　　专此匆匆
　　握手！

柯岩
10.17

怀念文章

由于她行程安排很紧，她到沪当天下午我去她下榻的宾馆只有一个短暂的见面，讲了几句上课的时间与地点就分手了，当时《儿童时代》是主要接待单位。隔天，她如约而至，她穿着一件蓝色的绣着白边的、过膝的长长的风衣，蓝长裤，显得端庄而大气，一脸爽朗的笑容，就像无云的天空一般纯洁，应该说，她虽年过半百，依旧是一个美丽的女人，文如其人，她的作品也是那般美，《周总理，你在哪里？》给人以悲壮美，《"小迷糊"阿姨》给人以稚气美，那时她刚发表长篇小说《寻找回来的世界》，并由此改编成电视连续剧，给人以打动人心的美。报告文学《船长》给人以真情的美。她将诗美写进了每一部作品。现在这美的创造者就站在一群年轻人中间，引起了一阵由衷的掌声。我为她作了一个简略的介绍，然后就由她讲课了，她一开讲就是激情荡漾，而且真诚富有魅力，教室内的学生聚精会神，没有一点声息。她主要讲了《寻找回来的世界》由生活到作品的创作过程。最后她留了一点时间给学生提问，学生的提问条子由我递给她，她逐条作了回答，课堂上十分活跃。讲课结束后，学生又围着她签了好一阵名。这时，文学院王院长也来了，我陪着她与王院长以及中文系的领导在教室前合了一张影。中午的答谢宴是在南京东路的扬州饭店，只有我与王院长作陪，那时还比较节俭，不流行大吃大喝，随便点了几个菜，闲聊了几句就吃完了。我们与她就急匆匆地在饭店门口分手了。这一别，我与她再也没有见过面。

当然，我们之间还有书信往来，我新出了两本小说集《海蛇》与《海上奇遇记》，寄给了她，她却没有收到；我受云南出版社委托约她出本诗集；

还有我想请她任上海大学文学院中文系兼职教授,询问她是否有职称等等,在1987年1月7日,她给我来了一信,一并作了回答。这封信是这样写的:

锦江同志:

近好!

因为我从南方回来之后,于11月底去了一趟墨西哥,刚回来不久,又累又病,你的信收到的迟了,迟复请谅。

我现在仍不大好,仅就来信提及的事简复如下:

1. 云南出版社出书的事,当然应该参加,谢谢你的信任,只是怕不能多为你分劳,有事尽可吩咐。

2. 关于职称问题,作家好像不评,只是在先你们之前,我已被聘为中国青年政治学院、浙江师范大学等多所学校的客座教授,不知这算职称否?

3. 你说的两本书追寻不见,一个可能是我长期不在京,被孩子们弄丢。二来可能在邮箱里就被附近一中学的双差生们拿走了。因邮箱无锁,成了他们的小仓库,随时随地来取所需,方便的话再寄两本吧,我可为你写点什么。

专此匆匆

握手!

柯岩
1.7

这封信写得爽朗、正直而风趣。我就保存了这三封信,还有的信几次搬家遗失了。此刻,我翻出这三封已泛黄的信封、信纸,八分钱的邮戳,熟悉的字迹。见信如见人,不禁潸然泪下,想当年她一声呼唤:《周总理,你在哪里》,而今日我等呼唤:柯岩大姐,你在哪里……

2011 年 12 月 15 日中午于飘鹰花园墨海居

大星不落

一个人走了，一个人还在，悲哀是自然而来的。本是平常而无悲哀的日子，我的学生任哥舒给我发来一条微信，说是他的三伯任大星先生的病情急剧恶化，家中事务紧迫，不能参加一个例行的评委会。我心头一紧，回复道：这突然的消息让我心疼，但愿大星转危为安！祝福他会好起来。这是22日早晨6点48分的事。我忙于例会，下午3点才结束，大星的病情让我不放心，我给哥舒去了电话，他却告诉了我悲哀而不幸的消息，其实，他向我请假时，大星已于凌晨两点半走了。他让我此消息暂不要传出去。

我的心在流泪。我在办公室的书橱里找他送我的书，找到三本，一本是大星1981年3月7日送的《大钉靴奇闻》，另一本是同年12月10日送的《野妹子》，另一本是2013年8月送的《婚誓》。这是他最在乎的三本书。《大钉靴奇闻》是短篇集，收集了他的传世短篇《三个铜板豆腐》。《野妹子》这部中篇1964年5月首版，到1980年7月三版，共计印刷发行254800册。《婚誓》是他的第一部爱情长篇小说。应该说，我与他的交往是从1981年开始的。那时，我与他及他的弟弟任大霖一起在四川成都的锦江宾馆参加中央文化部少儿司举办的一个全国性儿童文学创作研讨会，我就在这个会上相识相交了这个文雅、谦逊、健谈，看似并不健壮的瘦个子、戴眼镜穿着灰色中山服的人，一晃40余年过去了。这个瘦瘦的人儿当初的形象还如同昨日一样在我眼前晃着。

我们的交往时断时续，在我2004年重返文坛之后，我们的交往多了起来，我经常发起作家的沙龙活动，他是我的常客。我与他个别聊起来有许多共同的话题，对于儿童小说的品格，他与我的看法是一致的，首先考虑的是小说的艺术价值，而不是只有一个儿童故事。儿童小说的题材要以整个社会为背景，而不是只写学校的生活。他写了一个短篇小说《好爸爸、坏爸爸》，这是个社会题材。他在沙龙里手舞足蹈、慷慨激昂地讲这个故事，不像80多岁的老人。后来，我创办了上海市儿童文学研究推广学会，这个短篇获得了第一届"上海儿童文学年度好作品奖"，我对他说，把它改成一个中篇或长篇吧。他写了，并在《新民晚报》连载了。

他一度热衷于写成人的爱情小说，他把《芳心》的手稿寄给我，让我推荐，我没办成，上海作协2009年帮他出版了长篇小说《婚誓》。深刻的交往总是难忘的，记得我与他在西塘古镇同住一屋，居处古色古香，四处是水，十分雅致，那夜我们谈得兴起，他大谈他的爱情生活，这瘦老人眉飞色舞，那时节我正在上厕所，我有便秘，好久拉不出，他等不及推开厕所门，头伸进来兴奋异常地跟我说：我夫人年轻时很漂亮。大星人老激情依旧，他说：人老了，才真正懂得爱情。我信，他懂，他才能写爱情小说。他还告诉我如何解决便秘，如何一个人使用开塞露。我俩谈得太深了。当夜，他还去跳了舞，他真年轻。返程的路上，我们触景生情，一路上一起构思西塘的爱情小说，胡言乱语，天马行空，男男女女，呀，真是太有意思了。

我抚着书，我流着泪，一切都已经结束，一切都不可能重来。

我的兰花开了，我的茉莉花开了，我的幸福花开了，都洁白无瑕。这

花为大星而开。

夜空有颗大星,大星不落!

2016年9月23日夜色降临写于坤阳墨海居

图书在版编目(CIP)数据

儿童文学絮语 / 张锦江著. -- 上海：中国中福会出版社, 2018.7
ISBN 978-7-5072-2634-8

Ⅰ.①儿… Ⅱ.①张… Ⅲ.①儿童文学—文学研究—中国—当代—文集 Ⅳ.①I207.8-53

中国版本图书馆CIP数据核字(2018)第145099号

儿童文学絮语

张锦江　著

出 品 人	余　岚
责任编辑	张玉霞
装帧设计	钦吟之

出版发行	中国中福会出版社
社　　址	上海市常熟路157号
邮政编码	200031
电　　话	021-64373790

经　　销	全国新华书店
印　　制	上海宝山译文印刷厂
开　　本	787mm×1092mm　1/16
印　　张	14.25
字　　数	142千字
版　　次	2018年8月第1版
印　　次	2018年8月第1次印刷
书　　号	ISBN 978-7-5072-2634-8/I·535
定　　价	36.00元